Unvergessenswertes

Kurzgeschichten und Beobachtungen

Unvergessenswertes

Geistloses, mit Unsinn verfeinert,
zeitgemäß aufbereitet …

Bibliografische Information der Deutschen Nationalbibliothek: Die Deutsche Nationalbibliothek verzeichnet diese Publikation in der Deutschen Nationalbibliografie; detaillierte bibliografische Daten sind im Internet über dnb.dnb.de abrufbar.

© 2016 Michael Hauenschild

Herstellung und Verlag:
BoD – Books on Demand, Norderstedt

Lektorat: Schreibwerkstatt (Wien)
Titelbild: Kurt A. Hauenschild
Umschlaggestaltung: Sabine Mayer

ISBN: 978-3-74121-104-1

Kurzgeschichten und Beobachtungen

Ich schreibe diese Texte, um mir Übung für das Verfassen technischer Konzepte zu verschaffen und meinen Beobachtungen und skurrilen Gedanken Raum zur Entfaltung zu geben. Dem Leser werden die einfachen Satzkonstruktionen auffallen, es sei erwähnt, dass mein Deutschlehrer leider nicht mehr lebt, um irgendwelche Ansprüche geltend zu machen. Dennoch habe ich Spaß an der Sache und für eine Veröffentlichung waren die Texte sowieso nie gedacht.

Warum sie jetzt doch veröffentlicht sind? Ich habe keine Ahnung! Die Antwort liegt wahrscheinlich irgendwo zwischen meinem Alter und dem Wissen um die Dinge, die man(n) im Leben tun sollte.

Danke …
… an meine Familie, die beim gemeinsamen Lachen über die Texte viel Hilfestellung gab und mir bei meinem Projekt „Buch" vollkommene Unterstützung zukommen ließ,
… an meine Schwester Eva für ihr liebesvolles Feedback zu den Geschichten,
… an meinen Cousin Kurt Hauenschild, Architekt und Maler, für den Umschlag und die unschlagbare Wortspende „Unvergessenswertes", die er mir Gott sei Dank zur Nutzung überlassen hat,
… an alle anderen, die sich geduldig meine Entwürfe anhörten und mich in meiner Arbeit bestärkten.

Inhaltsverzeichnis

Hundstage 11

Zeitungsente 13

Meierei 13

von fischgARten zu fischgRAten 14

X & 16

Paarspiele 17

Illusionen 23

Zum Vergessen 24

Das Gedicht der anderen 24

Gedankenlos 25

Heimflug 26

Glauben 30

Gedankenfluss 30

ENDlich 31

Weihnachten 35

CatchUp 35

Gesprochenes 40

Fahren 41

Kopfkomplex	41
Fotoshooting	45
Der Vortrag	45
Liebe und andere Augenblicke	46
Schrottplatzgeschichte	48
Der Tanz (Paso doble)	120
Die Prüfung	121
OPFL	125
Mord-Seele-Trilogie	126
Blattschuss	126
Herz – Strom – Tod	148
Herz – Eifer – Fallen	171
Das tägliche Morgengrauen	195
Die Kennenlernphase	199

Hundstage

V 1.1, Juli 2014, Erfundenes

Sie war richtig vernarrt in ihn, Flocki nannte sie ihn liebevoll. Er durfte bei ihr im Bett schlafen und jeden Abend rollte er sich zu ihren Füßen ein. Sein Frauerl achtete darauf, dass er immer ein Halsband trug, denn seine Kraft entfaltete sich in der Wohnung manchmal unkontrolliert. Sie sammelte Halsbänder und sie kaufte stets passende Leinen dazu, ihr liebstes Stück war ein mit Swarovskikristallen geschmücktes Teil, das sie zu ihrem dreißigsten Geburtstag geschenkt bekommen hatte. An jedem ihrer Geburtstage legte sie ihrem geliebten Flocki dieses Schmuckstück an.

Flocki war ein kräftiger Rüde, gut gebaut, aber leider eine Promenadenmischung ohne Herkunftsnachweis, sonst hätte er ganz bestimmt Preise bei Ausstellungen gewonnen. So aber war er nur ein einfacher Siedlungsliebling mit einer gewissen Ausstrahlung. Alle mochten ihn, egal ob Groß oder Klein.

Jeden Tag weckte Flocki sein Frauerl in der Früh mit eifrigem Lecken, worauf sie ihm den Kopf streichelte und die Brusthaare kraulte. Flocki drehte sich dabei immer auf den Rücken und genoss es sichtlich, ein leises Knurren zeigte das an. Nach diesem täglichen Ritual ging seine Besitzerin in die Küche, um ein Frühstück zu bereiten. Dabei achtete sie stets auf gute Zutaten und kaufte keine Hundewurst oder Dosen im

Supermarkt. Stattdessen machte sie alles selbst. Jeden Tag schleppte sie schwere Einkaufstaschen vom Fleischhauer heim, mit vielen leckeren Sachen wie Leber, Herz und Nieren. Es machte ihr nichts aus, für ihren geliebten Flocki zu kochen, sie mischte ein paar Haferflocken oder Reis unter das Frischgekochte, ließ es ein paar Minuten überkühlen und servierte es ihm in einer Silberschale. Diese Schale war ein Erbstück ihrer Mutter und schon als Kind hatte sie ihre Haustiere daraus gefüttert. Flocki strich um sie herum vor freudiger Erregung und stürzte sich dann begierig auf sein Fressen. Er schlang es regelrecht hinunter, fast ohne Luft zu holen.

Durch seine immense Kraft brauchte er viel Bewegung, deswegen gingen die beiden jeden Abend eine ausgedehnte Runde durch die nahen Wälder. Sie verweilten oft an den Wiesen, um mit dem Ball, Flockis Lieblingsspielzeug, zu spielen. Er brachte die von seinem Frauerl geworfenen Bälle mit großer Ausdauer immer wieder zurück. Flocki war an der frischen Luft äußerst gutmütig, er ging oft neben seinem Frauerl, kümmerte sich nicht um andere Hunde und folgte aufs Wort. Sie waren ein richtig glückliches Paar.

Es war ihr vierzigster Geburtstag, als sie ihr Glück verließ. An diesem Morgen wollte sie gerade das geliebte Kristallhalsband um Flockis Hals legen, als dieser sie anfauchte: „Ich will nicht mehr dein Hund sein, lass mich Mann sein!"

Zeitungsente

V 1.2, eine Idee aus den 1980ern, April 2013

Wäre die Zeitungsente lebendig, würde sie Buchstaben fressen und ihr Kot hätte vom Drucken Schwärze. Bei den kleinen Zeitungen in Österreich bekäme sie als *Kurier* der schlechten *Presse Heute* die *Profil*-lose *Krone* im *Standard-Format* aufgesetzt.

Meierei

V 1.0, Jänner 2013, in einem Anflug von Sinnlosigkeit

Ein Hund fängt keine Fische

Ein Hahn legt keine Eier

Der Geist oft in der Nische

Nicht alle heißen Meier

von fischgARten zu fischgRAten

V 1.0, April 2015

Der Antritt des wohlverdienten Urlaubs der gestresssten Eltern wurde durch den Einzug der Großeltern in das kleine Reihenhaus erleichtert. Das gab den zurückbleibenden Kindern ein Gefühl der Geborgenheit und den Eltern die Möglichkeit, ein wenig loszulassen. Das Gepäck der Ankommenden glich dem bei einem Umzug über Kontinente anfallenden, aber letztlich fanden alle Taschen und Sackerln Platz im kleinen Haus. Nach der Verabschiedung der Eltern Richtung Flughafen nahm die Geschichte ihren Lauf. Da die Kinder noch im Kindergartenalter waren und ein paar Feiertage anstanden, waren die morgendlichen Aufwachphasen entspannt und voller Freude. Opa machte immer seinen Frühstücksspaß und brachte damit die Kinder zum Lachen. Das frühlingshafte Wetter erlaubte es, die Terrassentür schon früh am Morgen zu öffnen, was vor allem dem Kater und seinen morgendlichen Spaziergängen zugutekam. Durch eine Verletzung im zarten Alter von sechs Monaten gehandicapt, benutzte er die Katzentüren nur, wenn es notwendig war. Die Ausflüge nutzte der Stubentiger, um in den Gewässerbiotopen der Nachbarschaft zu jagen, und an einem dieser sonnigen Morgenstunden glückte ihm ein großer Fang. Der Goldfisch von circa zehn Zentimetern hatte nicht wirklich eine Chance

gehabt, dem geübten Jäger zu entkommen. Dem Kater erschien die zappelige Beute hingegen als ziemlich nutzlos und er beschloss deshalb, sie im heimischen Garten zu platzieren. Dabei wurde er von den Kindern des Hauses beobachtet, diese liefen sofort zur Oma, um das Gesehene zu berichten. Die erledigte gerade im Bett ein paar der fünf Tibeter.
„Aufwachen, Oma, schnell, der Kater hat irgendwas Glänzendes im Garten abgelegt, es bewegt sich noch."
„Ja, ich komm ja schon, ich muss nur auf meinen Blutdruck warten, der muss auch mit." Der verständnislose Blick der Kinder allerdings zeigte ihr, dass das Ding im Garten wichtiger war als ihr Befinden. Gemeinsam eilten sie auf die Terrasse, um des Katers Beute zu inspizieren. „Ein Fisch", schrie das kleine Mädchen, während der Bub sich an die Hauswand zurückzog. „Oh, ein Fisch." Ein wenig später erkannte auch die Oma das Objekt, um es gleich darauf am Schwanz zu packen und ins Haus zu tragen. Der sichtlich schockierte Junior fragte mit leiser Stimme: „Oma, was machst du damit?" „Naja, was man mit Fischen halt so macht, putzen und in die Pfanne schmeißen, den gibt's zum Frühstück." Die Kinder erstarrten und beobachteten mit ungläubigen Blicken die Arbeiten in der Küche. Erst als der Fisch in der Pfanne lag, gelang es ihnen, nach dem Opa zu rufen. Als die Kinder ihm von der Tat der Oma berichteten,

lächelte er nur und erklärte: „Ja, so ist sie immer, was man irgendwie verwerten kann, wird verkocht." Die Stimmung am Frühstückstisch war sichtlich gedrückt und Hunger hatte keines der Kinder mehr. Die Oma hingegen widmete sich genüsslich dem morgendlichen Fischteller.

X &

V 1.1, Jänner 2013

Jeder sagt, i bin scho därrisch
Des klingt a bisserl esoterisch
Ziagt auf a schiches weda
red'n d' Leit von Ayurveda
Bin i wirklich so blemblem
Vielleicht hilft ma da de TCM
I fühl mich nämlich halbert hi
Ich versuch's mit Homöopathie
Gedacht von einem Philosoph
der anschließend glei weidasoff

Paarspiele

V 1.0, Februar 2013, verfasst in der Gegenwart, Erfundenes

Diesen Morgen wird Anton B. nicht so schnell vergessen. Von schweren Kopfschmerzen gezeichnet blinzelt er den ersten Sonnenstrahlen entgegen. „Was war passiert?" Wie ein Film laufen die einzelnen Ereignisse durch den Kopf des Morgenmuffels. Er war schon so oft feiern, aber an so einen Brummkopf kann er sich beim besten Willen nicht erinnern. Überhaupt, wie er so nachdenkt, fehlt ihm die ganze letzte Nacht. Mit einem Ächzen wuchtet er seinen schweren Körper in die Höhe, das Bett knarrt mehr als bedenklich, aber es war seine erste eigene Investition, die gibt man so schnell nicht auf.
„Wo ist eigentlich Klara?" Der verklärte Blick wandert suchend nach seiner Ehefrau durchs Schlafzimmer und erstarrt in Anbetracht des Bildes, das sich ihm bietet: Blut, überall Blut, und eine Sau liegt an seiner Seite, fein säuberlich geteilt. Ein Rülpser entfährt seinem gestressten Magen, die Erschütterung der Speiseröhre bringt seinen Kopf zum Beben und mit einem Ruck entleert sich sein Magen auf den Fußboden. Schwer gezeichnet blickt er wieder auf den Sauschädl, das hellgelbe Bettzeug mit den roten Flecken lässt die Gedanken in seinem gestressten Hirn rotieren: „Wie kann mir so etwas passieren, mir, dem abgebrühten, eiskalten Menschen, der immer alles unter Kontrolle

hat? Warum", sinniert er weiter, „habe ich eine Sau im Bett?"

Der nächste Gedanke, der ihm durch den Kopf schießt, ist typisch für seine eigentliche Lebenseinstellung: „Ist das Tier noch essbar?" So weit er zurückdenken kann, und das sind immerhin mehr als fünfzig Jahre, hat er von so einer Situation noch nie gehört. Hin und her gerissen zwischen den drei Hauptsorgen – Essen, Entsorgen und der Frage des Wohers – wälzt er sich aus dem Bett und stapft ins Badezimmer. Der Blick in den Spiegel bestätigt ihm, dass er älter aussieht, als er ist, der Alkohol hat schwere Zeichen in sein Gesicht geritzt und seine grenzenlose Faulheit zeigt sich an seiner Körpermasse, die der Spiegel kaum noch zu reflektieren vermag. Je länger er sich betrachtet, desto weniger sieht er sein eigenes Antlitz, vielmehr versinkt er in seine Gedanken, denn es muss ein Plan her.

Als Erstes gehört das tote Vieh entsorgt, er wird es im Wald vergraben. Als zwangspensionierter Jäger – er hatte einst über das Ziel hinausgeschossen – besitzt er noch eine Wildwanne. Darin wird er die Sau abtransportieren und sie in seinem alten Revier beisetzen. Die Bettwäsche wird er versuchen zu verbrennen, ungleich schwieriger erscheint ihm die Entsorgung der Matratze und des Perserteppichs, ein Geschenk seiner Mutter. Plötzlich hat er einen Gedankenblitz: Ein

Sonnwendfeuer wird es richten, der Sommer ist nicht mehr allzu weit entfernt und Garten hat er ja genug.
„Es lebe die Grünoase", murmelt er leise vor sich hin.
„Bis dahin stopfe ich alles in die große Tiefkühltruhe im Keller."
Erleichtert schnappt er nach Luft und in seinem Spiegelbild sieht er ein schmales Lächeln auf seinen Lippen, die erste Sorge ist er los. Zufrieden duscht er den Kopf frei und schleicht danach in die Küche, um bei einem Kaffee den zweiten Teil des Planes zu entwickeln. Der Koffeingehalt des Getränks füllt nicht wirklich seine Gedächtnislücken und Klara fehlt ihm als Gesprächspartnerin. Nicht, dass sie sich im Alltag viel zu sagen hatten, aber jetzt wo er sie braucht, ist sie fort. „Typisch, Klara!", flucht er mehrmals lautstark in die Küche. Er beschließt, mangels anderer Ideen, im Lokal seines Vertrauens mit den Nachforschungen zu beginnen.
Pünktlich um zehn Uhr abends erstrahlt sein Haus im alten Glanz und die Sau liegt im Wald in ihrer letzten Ruhestätte. Anton B. zieht sich um für die glanzlose Nacht und macht sich auf den Weg in sein Stammlokal, um die Stunden der zurückliegenden zu ergründen. Im Café P.I.G. angekommen geht er auf direktem Weg zu seinem Stammplatz an der Bar, hinter der Theke poliert Wirt Ferdl einen Satz neuer Weingläser. Anton platzt ohne Gruß mit seiner ihn quälenden

Frage heraus: „Ferdl, ich habe die komplette letzte Nacht vergessen. Hilf mir, war ich da?"

Eine ihm völlig fremde Frau antwortet mit hörbar schwerer Zunge, bevor Ferdl auch nur ein Wort von sich geben kann: „Du, du bist der, der gestern da an der Bar vom Hocker gefallen ist, dann bist aufgestanden und hast gesagt, du gehst Zigaretten holen. Ich war die ganze Nacht da, gekommen bist du nimmer. Ich hab dich nimmer gesehen und ich muss es wissen, stimmt's, Ferdl?"

Anton sucht zwecks Bestätigung der Aussage nach dem Wirt, kann ihn aber nicht mehr finden und beschließt deshalb, sofort dem Hinweis der Bardame nachzugehen, bevor die Trafik für heute schließt. Die Rauchwarenhandlung hat noch geöffnet, da sie sich am Bahnhof befindet, wo längere Öffnungszeiten erlaubt sind. Anton läuft verzweifelt zum Zugterminal, am Weg dorthin denkt er das erste Mal über die Worte der Frau nach, dabei kommen ihm sofort Zweifel an ihrer Geschichte. Er hatte doch bereits vor Jahren mit dem Rauchen aufgehört, weshalb sollte er dann Zigaretten geholt haben? Er beschließt dennoch zur Trafik zu gehen. Zwanzig Minuten später sieht er sich in seiner Skepsis bestätigt, denn die Trafikantin hatte ihm nicht weiterhelfen können. Frustriert eilt er zurück zum Café, die falsche Fährte lässt ihn schier verzweifeln, der Wirt muss ihm helfen. Endlich an der Bar angekommen, stürmt er auf Ferdl zu und erzählt ihm noch einmal die Geschichte von der Sau und schimpft über die Unbekannte, die mittlerweile am Barhocker eingeschlafen ist.

„Was glaubst denn den Blödsinn von der Alten da, die ist jeden Tag so fett wie ein Schmalzbrot", lacht Ferdl, wobei er Anton angrinst. „Du bist da mit so an Bladen an der Bar gesessen, i kenne den Typen auch nicht, aber ihr habt ein paar Bier und noch mehr Schnaps gesoffen, a bisserl über Schweine geredet und dann seid ihr gemeinsam abgehaut. I hab euch noch ein Taxi gerufen."

Anton will mehr vom Wirt erfahren, doch der kann zur Aufklärung des Falles nichts weiter beitragen. Schweigend bringt er dem Fragenden noch eine Visitenkarte eines Taxiunternehmens gemeinsam mit dem heiß ersehnten Bier. Ohne zu zögern leert Anton das Glas in einem Zug. „Wo bin ich mit dem Typen hingefahren? Ich werde einfach dort anrufen."

Der Erinnerungslose hat eine neue Fährte gefunden. Sein Griff in die Tasche nach seinem Handy geht jedoch ins Leere. Irgendwie hat er in der ganzen Aufregung vergessen, dass er es seit dem Vortag nicht mehr gesehen hat, auch heute, während der Putzaktion, ist es ihm nicht untergekommen. Vergrämt grabt er ein paar Münzen aus dem Hosensack und geht zur Telefonzelle ins Hinterzimmer. Die Taxizentrale ist wenig begeistert von der nächtlichen Geschäftsstörung, lässt sich jedoch aufgrund der Hartnäckigkeit des Anrufers erweichen und teilt ihm das Fahrziel seines nächtlichen Ausfluges mit: Fleischerei Sauber! Ein kurzer Blick ins Telefonbuch und Anton hat seine neuen Zielkoordinaten gefunden, schnurstracks, ein bisschen kopflos, marschiert er los. Er verdrängt die fortgeschrittene Stunde aus seinem zermürbten Hirn, der Gedanke an die Lösung des Rätsels zu seiner durchzechten Nacht treibt ihn unermüdlich vorwärts. Es ist kurz nach sechs Uhr morgens, als er endlich, vollkommen fertig und verschwitzt, beim Fleischer ankommt. Er entledigt sich noch schnell einer durch die Aufregung hervorgerufenen Blasenfüllung und hält es für angemessen, seinen Drang am Schild für frische Grammeln loszuwerden, da er sich ganz sicher ist, hier die Sau abgestaubt zu haben. Sozusagen Rache für das versaute Schlafzimmer. „Die Grammeln sind sicher von einer mageren Sau", grummelt er leidvoll beim Wasserlassen. Im Hinterzimmer der Fleischerei entdeckt er schon Licht. Wie von Sinnen schlägt er daraufhin auf die Tür ein, drückt mehrmals fest die Klingel und beginnt zu allem Überdruss auch noch zu schreien. Hinter der gläsernen Eingangstür sieht er eine große, mächtige Masse anrollen, er weicht einen Schritt zurück, stolpert und fällt auf sein gut gepolstertes Hinterteil. Die Tür wird langsam geöffnet und ein sichtlich angespannter Fleischer faucht ihn ziemlich wütend an: „Was soll der Lärm, das Geschäft öffnet erst in zwei Stunden!"

Plötzlich stutzt der Fleischer und sagt ganz leise: „Servus, Anton." Anton schluckt. „Wer bist denn du? Ich kenne dich nicht!" „Komm rein, der Kaffee ist fertig", sagt der andere. „Ich bin der Fredi, wir haben uns gestern im Café P.I.G kennengelernt!"
Langsam erhebt Anton seinen massigen Körper und schleicht am Dicken vorbei in das hell erleuchtete Zimmer am Ende des Ganges. Ihm bleibt der Atem weg, denn er sieht plötzlich zwei Dinge vor sich, mit denen er hier nicht gerechnet hat: sein verloren geglaubtes Handy und seine Frau Klara, die mit hochrotem Kopf, weit geöffneter Bluse und hochgeschobenem Rock am Küchentisch sitzt. An die hatte er in den letzten Stunden gar nicht mehr gedacht.
„Was machst du denn da?", fragt er mit ungläubigem Blick. „Weißt' nicht mehr, wir haben Frauentausch gespielt, gestern Nacht, der Fredi, du, Lisa und ich, mich gegen die Sau!"

Illusionen

V 1.0, irgendwann …

Welche Nacht ist besser geeignet für den Traum eines neuen Lebens als die letzte. Die Veränderung endet meist am Morgen in einer Erstarrung beim täglichen Blick in den Spiegel und schickt die Leidtragenden geradeaus ins mentale K.o.

Zum Vergessen

V 2.0, März 2013

Doktor Magister,
seine Titel vergisst er,
der Geist ist verloren,
ist wie neugeboren,
der Kopf ist noch seiner,
er hat den Alzheimer.

Das Gedicht der anderen

V 1.2, November 2013, weil uns die anderen bewegen oder auch nicht

Während wir uns hier täglich stressen
Suchen andere ihr nächstes Essen

Während wir hier laufend träumen
Sind andere beim Dreckaufräumen

Während wir uns zärtlich lieben
Fliehen andere vor harten Hieben

Während wir sinnlos Geld ausgeben
Kämpfen andere um banales Leben

Während uns das Leben maßlos gefällt
Leben die in einer ganz anderen Welt

Von der Gier im Geist besessen,
Gelingt's, die anderen zu vergessen

Das fällt uns gar nicht so schwer
Denn die! Die sind doch nur irgendwer

Es ist auch gar nicht so hart zu ertragen,
Denn wir stellen wirklich keine Fragen

Wir sind so stolz auf diese Ignoranz
Die anderen bewerten es als Arroganz

Es sind die anderen, die uns nicht bewegen
Das hilft, die Vorurteile darüber zu hegen | pflegen

Gedankenlos

V 1.0, irgendwann …

Bekommt man mit sinnlosem Mitleid wirklich mit Sinn das Leid los?

Heimflug

V 0.7, April 2015

Die Anreise zum Flughafen vom Hauptbahnhof aus zeigt viele gescheiterte Gesichter einer an sich schmucklosen Stadt im Ruhrgebiet. Das Bier, in den Lokalen der Stadt in kleinen Gläsern serviert, hier in größeren Mengen konsumiert, veredelt die zahlreichen Obdachlosen, ja bringt ihre Augen regelrecht zum Glänzen. Auch ohne Dach über dem Kopf geht immer eins.

Im Zug zum Flughafen spielt sich ansonsten das normale Leben pendelnder Menschen im Umfeld von Großstädten ab, nicht besonders beeindruckend, aber überall anzutreffen. Von der Haltestelle bis zum Terminal ist es ein weiter Weg durch schmuck renovierte Hallen, einzig die Toilette scheint bei der Restaurierung vergessen worden zu sein.

Die Prozedur der Durchleuchtung entblößt den Reisenden im Nacktscanner und vor streng schauendem Wachpersonal, stiller Beobachter dabei die Schlange der Wartenden. Die Angst des Persönlichkeitsverlustes liegt wie ein Schatten über den Gesichtern in der Schlange. Scheinbar mangels Personals bleiben die Hälfte der Gepäckscanner unbesetzt, die Wartebereiche dadurch überfüllt.

Nach endlosen Minuten des Wiederankleidens betritt der Passagier die Wartehalle gemeinsam mit einer

Horde betrunkener Schüler, die sich im Wettstreit um das nächste Bier ein lautstarkes Wortgefecht liefern. Das Boarding gelingt manuell durch Ablesen der Namen vom Boardingpass, da das digitale Lesegerät seinen Dienst versagt. Die Routine des Personals lässt auf einen Dauerzustand schließen. Die Anlieferung der Reisenden von der Halle zum Flugzeug erfolgt im Bus, der ein paar Kreise über das Rollfeld zieht, um letztlich den Heimwollenden vor dem Flieger in der Nähe des Abfahrtpunktes abzuladen. Der Weg zum reservierten Sitzplatz ist leicht. Aber die Freude vergeht schnell angesichts der Temperatur. Die Geschäftsreisenden im vollen Flieger stöhnen gemeinsam über die Wärme und die nicht vorhandene Luftumwälzung. Das gut gebuchte Transportmittel geizt obendrein noch mit Ablagen für überdimensioniertes Handgepäck. Die nette, aber leicht genervte Flugbegleiterin schließt schwungvoll die Handgepäckaufbewahrungen, um gleich anschließend mit Gurt und Maske das Startritual abzutanzen. Das Warten geht in die nächste Runde, Passagiere sitzen immer noch mehr schwitzend in viel zu engen Sesseln und fiebern dem Abflug entgegen. Die Stewardess kontrolliert ein letztes Mal mit strengem Blick die Gurte der Reisenden, bei diesen zeigen sich neben den Tropfen erste Falten des Zorns über dem Nasenkamm. Die Minuten des Nichtstuns vergehen leider nicht im Flug, so dass der Kollaps immer näher rückt. Die Ansprache zum Flug geht einher mit der sich endlich einschaltenden

Klimaanlage, die Reisenden kühlen sich zumindest emotional langsam ab. Mit kurzem, aber heftigem Ruckeln und laut aufheulenden Triebwerken setzt sich der Vogel langsam in Bewegung. Der Weg zur Startbahn erscheint endlos im dichten Flughafenverkehr. Das Dröhnen der Turbinen erschüttert das Trommelfell der noch immer Schwitzenden, die unruhig in ihren Sitzen die Feuchtigkeit verteilen. Der einsetzende Schub der Triebwerke erlöst von den Qualen des Wartens, der Flieger hebt ab. Der Flug in den wohl für einmetersechzig große Personen bestimmten Sitzen verläuft wenig entspannt. Die Situation spitzt sich zu, wenn der Vordermann seinen Sessel in die Liegeposition bringt. Der Schmerzensschrei des Hintermannes verhallt im Lärm der heulenden Motoren. Der freundlichen Anregung, den Sitz wieder in Normalstellung zu nehmen, wird mit beleidigtem Gesicht zentimeterweise nachgegeben. Der übergewichtige Nachbar zwängt bei jeder seiner ungelenken Bewegungen immer mehr Fleisch unter der Armlehne hindurch, gemäß der Schweißpaarungsverordnung der EU ein offenbar zu ertragendes Muss.

Ist der Vogel endlich am Rollfeld des Zielflughafens zum Stehen gekommen, beginnt die Hektik des Aufbruchs. Irgendwo muss ein Wettbewerb ausgeschrieben sein, der den schnellsten Passagier mit dem goldenen Hektikorden ausstattet, anders ist der Kampf um das Handgebäck in der Ablage nicht zu erklären. Aber davor gibt es noch das Match um das am schnellsten aktivierte Handy. Der Weg über die Gangway ist steil, aber machbar, so knapp vor dem Ziel will kein Passagier schlappmachen. Was folgt, ist der lange Gang durch die großartige Fehlplanung zum Exit. Über viele verschiedene verschlungene Wege werden die Passagiere zum Ausgang geleitet, um sich wenig später an zwei viel zu engen Rolltreppen wiederzutreffen. Der Unmut erreicht ein neues Niveau, denn der schwitzende Sitznachbar aus dem Flieger stolpert abgehetzt auf die Treppe und macht ein Vorbeigehen unmöglich. Wie bei einem verstopften Wasserrohr wächst die Traube am Einstieg in die Rolltreppe. Eilige rufen heftige Empörung hervor bei dem Versuch, die Menschenmenge zu überholen. Hat man schließlich die Treppen passiert, bleibt nur noch der Kampf durch das Meer der Abholdienste am Ausgang zu überstehen, um endlich anzukommen. Unmengen von Zetteln, Tablets oder Tafeln werden dem Nach-Hause-Wollenden vors Gesicht gehalten. Oftmals bekommt man das Gefühl, sich rechtfertigen zu müssen, wenn man nicht so heißt, wie auf dem Schild abgebildet. Geschafft erreicht der Reisende nach schier endlosen Läufen durch Tunnel endlich das Transportmittel seiner Wahl vom Flughafen nach Hause. Die Urlaubserholung ist zu diesem Zeitpunkt bereits Bestandteil der Vergangenheit.

Glauben

V 2.0, April 2013

Willst du an die Kirche glauben,
hängen hoch für dich die Trauben.
Willst du an die Menschen glauben,
werd'n s' dir den Verstand schnell rauben.
Glaubst du aber nur an dich,
entdeckst du meist dein eignes Ich.

Gedankenfluss

V 1.1, Mai 2013

Ich gehe und nicht lauf
Ich trinke und nicht sauf
Ich esse und nicht fresse
Ich zähle und nicht messe
Ich stehe und nicht liege
Ich gleite und nicht fliege
Ich ebne große Räume
Ich lebe meine Träume

ENDlich

V 1.1, April 2013, Erfundenes

Gestärkt nach einem opulenten Mahl verlässt Franz K. das Wirtshaus seines Vertrauens. Gerade hat er sich zu seinem 75. Geburtstag ein tolles Geschenk gemacht und zwei Flaschen guten Rotwein vernichtet. Die paar Schnaps zum Abschluss, gemeinsam mit dem Wirt, haben ihn richtig in Stimmung gebracht und erleichtern ihm den beschwerlichen Heimweg. Am Weg zu seinem Haus sieht er von weitem schon seine geliebte Frau davor auf jener Bank verweilen, auf der sie so viele gemeinsame Stunden verbracht und den Blick in die Landschaft genossen haben. Wieder einmal war sie nicht mitgegangen, seine Franzi, wie so oft in letzter Zeit. Überhaupt fühlten sich die letzten Jahre in ihrer Beziehung sonderbar und unbefriedigend an. Gemächlich marschiert er an der Kirche vorbei, blickt zum neu renovierten Kirchturm auf und murmelt: „Hier haben wir geheiratet, hier haben wir uns ewige Treue geschworen."

Alles Unheil begann mit dem Auszug der Kinder aus dem gemeinsamen Haushalt, die Einsamkeit wurde mehr und mehr zum Hindernis für ihre Zweisamkeit. Sie hatten sich plötzlich nichts mehr zu sagen, sprachen kaum noch über die schönen Dinge des Lebens, nur mehr über Krankheiten und den näherkommenden Tod. Er sah sich in ihrer Beziehung immer als den Geselligeren, den Lebemenschen, Franzi hingegen mehr als den Familienmenschen, der am Abend gerne daheim vor dem Fernseher saß. Fernsehen war nicht seins, er liebte mehr die Bücher oder das einfache Geplauder am Küchen- oder Stammtisch. Bücher las er allerdings nur, wenn sie gut ausgingen, mit Geschichten von der Liebe, alles andere machte ihn traurig. Information über das Weltgeschehen interessierten ihn nicht, da sie meist keine positiven Meldungen enthielten. Deswegen verweigerte er sich vollkommen den Zeitungen, Radios, Computern und Fernsehern dieser Welt.

Angestrengt pausiert er vor dem großen Apfelbaum und betrachtet die frischen Blüten. Er hat plötzlich den Willen, geradezu den Zwang, die Situation anzusprechen. Heute wird es bestimmt klappen, ist er sich sicher. Oft ist ihm schon der Gedanke gekommen, mit seiner Frau zu reden, aber er hat nie wirklich die Kraft dazu gehabt. Den Eindruck, dass seine Franzi ihm bei so komplizierten Gesprächen nicht wirklich zuhörte, hatte er immer, aber heute wird er es wagen, heute wird sie zuhören müssen.

Er lässt sich mühevoll auf der alten Bank zwischen den Apfelbäumen nieder, um über das zu Sagende nachzudenken. Angestrengt versucht er die richtigen Worte zu finden, er tut sich generell schwer mit strukturierten Reden. Im Wirtshaus und an der Bar, im ungezwungenen Rahmen, bei den allgemeinen Smalltalks, da war er der Held der Gesellschaft, hatte immer einen Spaß parat, doch bei den wirklich wichtigen Themen, da fiel ihm meist nichts Passendes ein. Und wenn er eine richtige Antwort fand, dann erst Stunden später. Das war auch in seinem Berufsleben so gewesen, er hatte stets gute Ideen gehabt, beim Betriebsausflug oder bei Firmenfesten hatte er die Kollegen immer zum Lachen gebracht, letzlich war seine Karriere aber an seiner Mutlosigkeit gescheitert.

In der Ruhe der Natur steigen wieder die Selbstzweifel in ihm auf, angesichts des konstruktiven Gesprächs überfällt ihn regelrecht eine Schwäche, verzweifelt sucht er nach den richtigen Worten in seinen Hirnecken. Der Druck dieser unglücklichen Situation, gepaart mit der Erkenntnis über beider fortgeschrittenes Lebensalter und letztlich wohl auch der Wein beschwingen seine Gedanken jedoch und der letzte Schnaps hat ihn von allen Zwängen und Bedenken befreit. Als er schließlich langsam weitermarschiert, ordnen sich die Gedanken zu richtigen Worten und Sätzen.

Schon am Gartenzaun beginnt er aufgeregt zu sprechen, die Worte fliegen ihm nur so aus dem Mund: „Franzi, schön war es heute, ich habe gut gegessen und ich bin zu dem Entschluss gekommen, mit dir zu reden. Wir müssen über unsere Ehe, unser Leben sprechen. Ich kann so nicht weiterleben, du hockst daheim, ich geh fort, du schaust fern, ich lese ein

Buch. Wir sprechen kaum miteinander. Hör zu, wir machen uns einen Plan, wir teilen uns Fortgehen und Fernsehen ein, so haben wir beide etwas davon."
Seine Frau starrt ihn mit aufgerissenen Augen an, ohne ein Wort zu sagen, sie scheint vollkommen überrascht von dem Gefühlsausbruch ihres Mannes. Nach einer kurzen Pause, die Stille wirkt bedrückend auf ihn, fährt er dennoch ein wenig grantig fort: „Das ist jetzt aber arg, ich mach mir Gedanken über unsere Zukunft und dir fällt nichts dazu ein, als blöd in die Gegend zu glotzen. Die letzten Jahre durfte ich nie etwas sagen, du bist allen Konflikten ausgewichen, hast nur gesagt, so schlimm ist es schon nicht, und bist gegangen. Aber heute, heute lasse ich dich nicht gehen! Heute hörst mir zu. Du verhältst dich total komisch, ist dir denn alles egal, was ich mache, wir treffen uns kaum noch mit den Kindern, dabei waren wir so glücklich mit ihnen, wir hatten Spaß und haben immer viel unternommen, jetzt passiert gar nichts mehr!"
Dass seine Frau absolut keine Reaktion zeigt, fällt ihm erst jetzt auf, zu emotional gebeutelt war er davor. Er geht näher an sie heran und stupst sie mit einem Finger an, Franzi kippt regungslos zur Seite, sie ist einfach tot.
„Jetzt aber, so ein Pech, jetzt sag ich endlich was, und sie hört mir wieder nicht zu!"

Weihnachten

V 0.2, Dezember 2014

Ruhe kehrt ein, der Einkauf geschafft
Die Vorfreude groß, das Kinderherz lacht
Die Pakete geschichtet, die Lametta winken
Kaum Zeit, den Glühwein im Advent zu trinken
Der Baum, er steht, es weihnachtet sehr,
Doch vielerorts bleibt der Gabentisch leer
Der Stamm dort ohne Nadeln, die Kerzen kein Licht
Den Jesus tun's tadeln, das Christkind kommt nicht
Den Hunger gestillt mit dem heiligen Brot
Die Hoffnung, die bleibt, auch wenn schon längst tot

CatchUp
(Hommage an den Würstelstand)
V 1.1, November 2013, Erfundenes

Kommissar Bude Wurst hatte soeben einen Anruf über einen Einbruch in einem Wiener Würstelstand erhalten. Sogleich machte er sich mit dem Langen auf den Weg zum Tatort. Der Lange war sein Assistent Sacher[1], über zwei Meter groß und zum Leidwesen seines Vorgesetzten sehr gesprächig. Die Schaulustigen erschwerten den Beamten den Zugang zum Ort des Verbrechens, dieser Umstand ließ den Kriminal-

---

1 Sacherwürstel: lange, frankfurterähnliche Wurst

beamten erbost rufen: „Es kriegst no olle an Kolla, Leit[2], vor lauta Schaun, schleicht's eich!" Die Aufforderung perlte an der glotzenden Meute ab wie Wasser an Zwiebelschalen.

Ein angstloser Spanner schrie: „Gschissena[3], siesl net so, Kibara!"

Wurst betrat genervt den Schauplatz des Verbrechens, dabei hörte er Sacher schimpfen: „Körr i[4] jetzt dazua od ned?"

„Gstaubter[5] geht's ned!", antwortete Wurst, als er sah, dass Sacher die Absperrung nur nach Protest durchschreiten konnte. „Hast de Handschuch mit?"

„Ma, jo[6], de hab i vergessen!"

„Bist du nur a Hüsen[7] oder speicherst du a was, Gspritzter[8]?" Sacher war eingeschnappt und versteckte seine Gefühle hinter einer sauren Gesichtsmaske.

Der Stand war nur durch ein 16er-Blech[9] gesichert, daher hatte der Knacker[10] ein leichtes Spiel gehabt, die Tür aufzubrechen. Es wurde jede Menge Ketchup gestohlen und Herr Sacher gab sofort seinen Kren

---

2 Cola light: Standardgetränk in Wien
3 Kremser Senf: süßer Senf mit Senfkörnern
4 Curry: am Würstelstand beliebt
5 überreifer Sturm; Sturm: leicht vergärter Most aus Weintrauben
6 Mayo: Abkürzung für Mayonnaise
7 anderes Wort für Bierdose
8 Weinschorle
9 Ottakringer Bierdose, im 16. Wiener Gemeindebezirk gebraut
10 Knackwurst: ähnlich der Pariser Wurst, aber im handlichen Kleinformat

dazu. Wurst wurde weiß ob dieses schmutzigen Scherzerls[11], antwortete darauf mit einer scharfen Erwiderung und versuchte sich voll auf die Ermittlungen zu konzentrieren. Die Befragung der einzelnen Zeugen verlief widersprüchlich. Der Waldviertler[12] sagte aus, er habe Berner zur fraglichen Zeit in der Gegend gesehen, der Berner wiederum meinte, es waren Frankfurter oder Wiener, genauer unterscheiden konnte er die beiden nicht, und der Krainer redete sowieso nur Käse.

Die Befragung war in den Augen des Kommissars ohnehin verlorene Liebesmüh, deswegen untersuchte er den Tatort nach verwertbaren Spuren. Er wurde sofort stutzig, als er die Leber[13] neben dem Käse in einer Essiglake entdeckte. Die Leber musste den Käse verloren haben, als sie aus dem Ofen auf den Boden gefallen war. Der saure See passte irgendwie nicht ins Bild. „Vielleicht ist das ein erster Hinweis auf den Täter", dachte Wurst.

„Da haben wir den Salat", bemerkte Wurst, wollte aber nicht noch mehr Öl in die Geschichte gießen als notwendig. Der Kommissar sackte Leber und Käse in eine Tüte, um sie auf Fingerabdrücke untersuchen zu lassen. Sein Magen spielte ihm dabei fast einen

---

11 Endstück vom Brotlaib
12 Wurstsorten: Waldviertler, Berner (mit Speck und Käse), Frankfurter oder Wiener (Ansichtssache), Käsekrainer
13 Leberkäse: auch Fleischkäse

Streich. Bei dieser Tätigkeit jagten wilde, bizarre Gedanken durch seinen Kopf. „Ich darf nicht so oft herumgurken bei meinen Fällen", dachte er und ein salziger Geschmack legte sich dabei auf seine Zunge.
Nach genauer Untersuchung schrieb er sich drei Fragen auf, die er unbedingt geklärt haben wollte, sonst wäre der Fall wieder versemmelt: 1. Heißt Hot Dog auf Chinesisch wirklich „Hund vom Grill"? 2. Sagt man zum Grillweltmeister wirklich Wurstl-(P)rater[14]? und 3. Nennt man den Skalp holländischer Auswanderer in Südafrika wirklich Burenheidl[15]?
Der Kommissar machte sich allein auf den Weg zu den Chinesen und ließ Sacher am Tatort zurück. Die Antworten auf seine Fragen ließen ihm einen kalten Schauer über den Bugl[16] laufen, so süßsauer waren sie aus dem Noodle Shop Cui. Ohne wirklichen Erfolg machte er sich auf den Weg in den Prater, um den Wurstl zu finden. Auf seinen Stelzen war der „weise Bud", wie er in den kriminellen Kreisen genannt wurde, leicht auszumachen, Gott sei Dank war er nicht in seinem Schweizer Haus[17] in Bern auf Urlaub.

---

14 Wurstl: anderes Wort für Narr, Clown; Wurstlprater: Vergnügungspark in Wien
15 Burenhaut, eigentlich Burenwurst: pikante Wurstsorte; mehr gekocht als gebraten
16 Bugl: anderes Wort für Scherzel
17 Schweitzer Haus: bekanntes Bierlokal mit Stelzen und Budweiser im Wurstelprater

„Warst du Wurstl im Prater oder hast an Stand aufbracht?", schnauzte ihn der Kommissar an.

„Bin des imma i in deine Aug'n, Kommissar, oda kring[18] a aundare a Chance auf'n Häf'n?", antwortet Bud auf die Frage. Ein Rempler des Kommissars ließ den Stelzenmann umkippen.

Buds Kostüm brauchte einen Schneider, weiß[19] war sein Gesicht, aber Wurst konnte ihn nicht verhaften, zu dünn war die Haut der Beweiskette.

Einen Einspänner[20] schlürfend stand er an der Bar vom Schartner[21], als die Bombe platzte. Trotz teilweise unbeantworteter Fragen hatte Sacher in seiner Abwesenheit das Krokodil[22] verhaftet, der mit bürgerlichem Namen Pfeffer Ronni hieß. Stocher, ein Verhörspezialist, würde ihm auf den Zahn fühlen müssen, um das genaue Motiv zu ergründen. Wurst war angefressen, er gönnte Sacher den Erfolg nicht.

---

18 Ottakring: Wiener Bezirk; bekannt für seine Bierbrauerei
19 Scheider Weiße: deutsches Weißbier, durch die Ottakringer Brauerei vertrieben
20 schwarzer Kaffee mit Schlagobers, auch Pferdewagen mit nur einem Pferd oder einzelne Frankfurter Wurst
21 Schartner Bombe: traditionelle Wiener Limonade
22 langer, milder, grüner Pfefferoni

Gesprochenes

V 0.1, März 2015

Mit den Worten in unserer Sprache
Vorsichtig gesprochen, sachlich gesetzt
Ist es eine immens gefährliche Sache
Dass niemand beleidigt oder gar verletzt

Emotional getrieben, Dinge zu sagen
Veranlasst, Zuhörerohren zu schließen
Verletzte Gefühle ihn innerlich plagen
Rachegedanken beginnen zu sprießen

Erwiderung folgt, ein persönliches Muss
Ohne Inhalt wird's einfach gesagt
Die Worte, so scheint's, aus einem Guss
Weil es im Herzen so fürchterlich plagt

Vorbei ist es mit der Toleranz
Vergessen ist die Akzeptanz
Begonnen hat ein Teufelskreis
Den niemand mehr zu verlassen weiß

Der Weg zurück kein leichter ist
Beginnt mit formalem Entschuldigen
Bei all dem gesagten Wörtermist
Um unseren Werten zu huldigen

Fahren

V 1.0, Zeitloses aus meiner Jugend

Auto fahren
Zeit sparen
Bahn fahren
Stress sparen
Rad fahren
Geld sparen
Gar nicht fahren
Leben sparen

Kopfkomplex

V 2.0, April 2014, Erfundenes

Haare waren sein Ding. Er liebte es, sich in großen Spiegeln zu betrachten, war stolz auf seine Haarpracht, von den Fußsohlen bis zum Nacken. Es erotisierte ihn, wenn Frauen mit ihren geschmeidigen Fingern durch sein gelocktes Brusthaar fuhren. Der leichte Zug an den Haarwurzeln versetzte ihn jedes Mal in Ekstase. Das totale Glück, wäre da nicht sein - zumindest fast - kahles Haupt! Es hatte in der Pubertät begonnen: Büschelweise hatten sie auf seinem Kopfpolster gelegen, in der Kindheit mit einem Lockenkopf, als Sechzehnjähriger mit lockerer Stoppelglatze und unbehaarten Freiflächen, mit Zwanzig voll glänzend. Ein einzelnes Haar jedoch stemmte sich dem Kahlschlag entgegen.

Mit Begeisterung hatte er seine Friseurlehre angefangen, hatte früh an Perücken geübt, um ein Gefühl für Haargestaltung zu bekommen. Die Enttäuschung über sein eigenes Aussehen war jedoch immer sichtbarer geworden. Oft war er unfreundlich zu Kunden mit lockigem Haar, konnte seinen Frust nicht mehr verbergen. Wie wollte einer mit einer Glatze ein guter Friseur sein? Diese Frage stellte er sich oft, doch irgendwann hatte die Liebe zum Beruf gesiegt. Er hatte seine Gefühle in den Griff bekommen und es geschafft, sich von dem haarigen Druck zu befreien, denn er hatte ja noch (s)ein Haar.

Deswegen wollte er seinen Wunsch nach edlem und vollem Haupthaar nicht aufgeben und lebte jeden Tag für seinen Traum. Deshalb investierte er viel Zeit, um seinen verbliebenen Stolz zur Fortpflanzung zu bewegen. Er schmierte Cremen und Wässer, legte Essenzen auf, doch ohne sichtbaren Erfolg. Die Verzweiflung war ihm oft ins Gesicht geschrieben. Er griff zu immer teureren Mitteln, einmal glaubte er den Ansatz von Junghaaren im Spiegel zu erkennen, es war reine Einbildung. Die Euros liefen ihm durch die Finger wie die Shampoos in den Abfluss seiner Dusche.

Er hasste das Sexualhormon Dihydrotestosteron, zumindest erklärte das Internet es als Ursache für seinen erblichen Haarverlust. Überhaupt war Doktor Internet sein größter Freund, so viele Bilder von nachwachsenden Haaren, so viele Geschichten von erfolgreichen Nachzüchtern, er glaubte sie alle, war jedoch jedes Mal niedergeschlagen, wenn es nicht klappte.

Manchmal hoffte er auf eine Haartransplantation, aber in seinem Innersten wusste er, dass er schon allein auf Grund der Fläche eher einen neuen Kopf bekommen würde als ein Haupt voller Haare. Medikamente kamen nicht in Frage, da Doktor Internet von Nebenwirkungen wie „erektiler Dysfunktion" berichtete, die unter Umständen auch noch nach Absetzen des Mittels anhalten würden. Diese Schmach wollte er seiner Männlichkeit nicht antun, seine Erfolge bei Frauen waren ja anhaltend, die Glatze schreckte sie nicht, eher schon sein Einzelhaarpflegewahn vor dem Spiegel beim morgendlichen Bad.

Der Vogelschiss traf ihn unvorbereitet, am Weg von der Arbeit nach Hause, knapp vor seiner Wohnung. Panisch erstarrte er vor der Haustüre, angeekelt tastete er mit den Fingern durch die Vogelexkremente. Er ahnte es und der Spiegel bestätigte den Volltreffer: genau auf sein Haar. Er riss sich die Kleider vom Leib, sprang in die Dusche und ließ heißes Wasser über sein Haupt laufen. Die warme Kot-Wasser-Mischung erzeugte kurzfristig einen ekligen Gestank, sodass er sich fast übergeben musste. Er öffnete hastig sein 100-Euro-Shampoo und reinigte damit seine Kopfhaut. Danach sank er resignierend zu Boden und heulte.

Der nächste Schlag auf sein Ego traf ihn vor dem Spiegel, im Nebel des Wasserdampfes war das Haar nicht zu sehen, er schluckte, suchte es verzweifelt. Die Erleichterung war groß, als er feststellte, dass das Haar nur von einem Wassertropfen flachgelegt wurde. Vorsichtig tupfte er es trocken, brachte den Balsam an und strahlte vor Glück. „Gerettet!", durchfuhr es sein Hirn, das musste gefeiert werden.

Da kam ihm das Date mit seiner Auserwählten für den Abend gerade recht, er hatte einen Tisch in einem der besten Lokale im Ort reserviert, danach würden sie noch den Tanzclub ihres Vertrauens besuchen. Völlig unbeschwert bestellten sie ein dreigängiges Menü mit Weinbegleitung, ihr Gespräch kam auf sein außergewöhnliches Erlebnis des Tages, als die dampfende Suppe serviert wurde. Beide bewunderten die außergewöhnliche Kreation einer scheinbar banalen Grießnockerlsuppe. Da fiel ihm dieses dünne, kurze Haar auf, das in der heißen Suppe schwamm. Langsam, mit weit aufgerissenen Augen fuhr seine Hand zu seinem in Sekundenschnelle rot angelaufenem Kopf. Vorbei, aus und vorbei, der Traum, er fühlte nichts, er spürte nichts, er begann lauthals zu lachen, ja geradezu befreit. Endlich war er frei …

Fotoshooting

V 2.0, zur Zeit von Conan I mit Arni, aus der Kindheit

I	ken an,	
den	Conan,	
der	kaun an	
mit	Canon	fotografieren
(ECHT!)		

Der Vortrag

V 1.1, September 2013, anlässlich einer Konferenz

Gespannt der Zuhörer dem Redner lauscht
Der Start misslingt, die Folie blinkt
Das Thema ist so ultraöd
Wo bleibt denn bitte da die GÖD
HA! Jetzt kommt die volle Wende
Wir hoffen auf ein schnelles Ende
Hoffnung bleibt
Zuhörer speibt
Sprecher lacht
Publikum erwacht
Jetzt ruft das ESSEN
Alles andre ist zu vergessen!

Liebe und andere Augenblicke
(Magic Moments)
V 1.1, April 2014

ist in meinem Kopf ein großer Knopf,
du weißt ihn zu bedienen,
hab ich mal schlecht geträumt,
im Schlaf mich aufgebäumt,
dann hat dein Kuss mich festgehalten,
dein Duft mich ruhiggestellt

der Tag beginnt, ein Stern, der erwacht,
dein Blick lässt grüne Feuer glimmen,
mein Herz, das lacht,
die Zeit, sie ruht für diesen Moment,
die Liebe zu dir in meinem Herzen brennt,
du bist wie die Blume im Gras, die ewig blüht,
der Anker in meinem Leben

geht mir die Energie mal aus,
so lädst du mich wieder auf,
hab ich den Kopf einmal verloren,
die Richtung nicht gefunden,
hast du mich eingenordet,
mit Herz und mit Gefühl

der Tag, er läuft, ein Stern, der glimmt,
dein Blick lässt grüne Feuer glimmen,
mein Herz, das lacht,
die Zeit, sie ruht für diesen Moment,
die liebe zu dir in meinem Herzen brennt,
du bist wie die Blume im Gras, die ewig blüht,
der Anker in meinem Leben

rede ich wieder viel zu viel,
hörst du mir dennoch zu,
und wenn du sprichst,
triffst du den Ton,
hast alles mir gesagt,
so klar und beruhigend

der Tag, er geht, ein Stern, der strahlt,
dein Blick lässt grüne Feuer glimmen,
mein Herz, das lacht,
die Zeit, sie ruht für diesen Moment,
die liebe zu dir in meinem Herzen brennt,
du bist wie die Blume im Gras, die ewig blüht,
der Anker in meinem Leben

Schrottplatzgeschichte

V 1.0, Mai 2013 bis Mai 2015, Erfundenes

1 Ben

Die Umgebung war trostlos, alte Autoreifen lagen herum und aufgetürmte Metallteile. Die Straßenlampen gaben ein trübes Licht im aufkommenden Nebel. Feuchtkaltes Wetter zog schon seit Tagen über die Stadt, die Temperaturen näherten sich langsam dem Gefrierpunkt so spät im Jahr. Die letzten Ratten verkrochen sich in ihren Löchern und dennoch trafen sich die Kinder der Vorstadt wie jeden Tag nach der Schule im Altreifenparadies. Das war ihr Abenteuerspielplatz, ihr Rückzugsgebiet und der Ort, an dem sie sich ungestört ausleben und ihre Persönlichkeit entwickeln konnten. Der Schrottplatz lag mitten in der Stadt und teilte sie in ein Arbeiterviertel und einen bürgerlichen Teil. Er bildete gemeinsam mit dem Schulzentrum die Nahtstelle der beiden Stadtteile und spiegelte das soziale Leben.

Ben war eines der Kinder, mittelgroß, schüchtern, aber zumindest dabei in der Bande seines Viertels. Die Schule gehörte nicht zu seinen liebsten Dingen, es genügte aber zum Durchkommen. Viel lieber als zu lernen spielte er Fußball mit seinen Freunden. Als Spielfläche nutzten die Kinder einen Platz inmitten der alten Autos, alte Reifen dienten ihnen als Tor. Der harte Beton des Schrottplatzes forderte oft seinen

Blutzoll und Bens Knie waren von unzähligen Narben gezeichnet.

Seine Eltern arbeiteten sich gerade zum Mittelstand empor, noch wohnten sie in der Arbeitersiedlung, der feine Unterschied zum Rest der Siedlung stand aber schon in Gestalt eines Mittelklassewagens vor ihrer Tür. Ben war überzeugt davon, dass sie bald in eine bessere Wohngegend ziehen würden, und träumte oft von einem freundlichen, hellen Zimmer und einer neuen Zeit. Urlaub war selten und fand meist im städtischen Bad statt. Wenn Ben mit seiner Familie einmal fortfuhr, dann ging es ins lokale Umland, nicht weit von daheim, aber immerhin in eine grüne, ruhige Gegend. Ben hatte aber nie den Eindruck, dass seine Eltern zu wenig Geld hätten, sie zeigten es seiner Meinung nach nur nicht, da sie wohl eher nicht auffallen wollten im armen Arbeiterbezirk.

Zur Bande am Schrottplatz gehörten Mädels wie Jungs, sie gingen alle in das gleiche Schulzentrum in der Stadtmitte. Während sich die meisten seiner Freunde bereits zu den Mädchen hingezogen fühlten, hetzte Ben immer noch der Fußballkugel hinterher. Dabei spielte er mit Peter, einem Buben aus seiner Straße. Sein Freund spielte wirklich sehr gut Fußball, konnte aber schlecht verlieren. Solange sie als Team am Gewinnen waren, passte es zwischen den beiden, verloren sie aber ein Match, drehte Peter oft durch und schob die Schuld dann immer auf Ben. Einmal klatschte er dabei sogar vor Zorn seine Hand auf Bens Wange und rannte schreiend davon. Ben war deswegen nicht nachtragend, da Fußball die einzige Freude in seiner Welt war und Peter seine Leidenschaft am längsten mit ihm teilte, und es gab nichts Wichtigeres für ihn in dieser Periode seines Lebens.

Aber es kam doch die Zeit, in der seine Mannschaftskollegen sich mehr fürs Flaschendrehen interessierten als für Fußball. Dadurch war Ben gewissermaßen gezwungen sich den Mädchen zu nähern. Zaghaft beäugte er die Kussversuche seiner Freunde und wusste nicht, ob und wie er daran teilnehmen sollte.

Er selbst hatte keine Ahnung, was ihn gerade an diesem unfreundlichen, nebeligen Tag dazu trieb, sich der Aufgabe des Flaschendrehens zu stellen. Viele seiner Freunde sahen ihn erstaunt an, als er dazukam. Es gab zwar ein paar abfällige Kommentare, aber Ben war das gleichgültig, sein Tag war gekommen. Gleich die erste Runde brachte den Neuling mit Laura zusammen, danach wusste er nicht, ob ihm der erste Kuss seines Lebens überhaupt gefallen hatte, so viele Eindrücke wirkten auf ihn. Befremdet von dem Gefühl des fremden Speichels, beflügelt von den weichen Lippen des Mädchens und dem Prickeln in seinem eigenen Körper, träumte er in den folgenden Tagen verschiedenste Geschichten rund um das Küssen mit Laura. Es war sein großes Glück gewesen, ausgerechnet Laura erwischt zu haben, seine heimliche Flamme.

Für Ben war Laura der Inbegriff des schönen Mädchens, früher hatte er sich beim Fußballspielen besonders ins Zeug gelegt, wenn sie zugesehen hatte. Doch irgendwie fühlte Ben sich nicht passend für seine Traumfrau, er fand sich nicht besonders ansehnlich, hatte ein paar Pickel und kam seiner Meinung nach aus dem falschen Stadtteil. Sie war von vielen begehrt und in aller Augen wunderschön, nicht schüchtern und lachte viel. Auch bei so manchem Streich war sie mit von der Partie. Und sie hatte ihn angelächelt, als sie sich küssten, und dieses lächelnde Gesicht blieb Ben in Erinnerung.

2 Laura

Auf der anderen Seite des Schrottplatzes begann das bürgerliche Wohnviertel mit modernen Reihenhäusern, größeren Autos und zur Schau gestelltem Selbstbewusstsein. Die Gärten waren gepflegt, einzig der Schrottplatz störte den idyllischen Gesamteindruck, er war jedoch als Grenze zur Unterstadt mehr als geduldet. Einen Wermutstropfen in den Augen der feinen Gesellschaft bildete jedoch die Schule. Sie war die einzige in der Stadt und sowohl Auffangbecken als auch Vorzeigeprojekt. Das Gebäude war neben dem Schrottplatz der einzige Ort, an dem die Bewohner beider Stadtteile gezwungen waren miteinander umzugehen. Das Wetteifern mit den neuesten Modetrends auf der einen Seite rief die Punks auf der anderen hervor und lieferte oft die Basis für Eskalationen.

Laura wohnte in einem kleinen Einfamilienhaus mit Pool und großzügigem Garten. Ihre Eltern arbeiteten beide erfolgreich in ihren Berufen und lebten glücklich mit ihrer einzigen Tochter, die als lebensfroher Mensch beeindruckte und ihnen viel Freude bereitete. Einzig die Treffen mit den Kindern aus dem anderen Teil der Stadt drückten auf ihr Gemüt, besonders der Vater reagierte immer gereizt bei diesem Thema.

Laura entwickelte sich zu einem hübschen jungen Mädchen, das von allen Burschen der Umgebung begehrt wurde; sie war groß gewachsen, hatte langes, braunes Haar und große, grüne Augen und sie genoss es, umschwärmt zu werden.

Ihre beste Freundin Karin war ebenso hübsch, nur die blonde Ausgabe von Laura. Die beiden wohnten in unmittelbarer Nachbarschaft und waren seit dem Kindergarten unzertrennlich. Gemeinsam beobachteten sie die Unterschiede der Gesellschaft, die sich schon bei den Jüngsten deutlich zeigten. Sie liebten dieses Hobby und es schweißte sie zusammen.

Die Kinder von drüben, wie sie die Arbeiterkinder nannten, spielten meist die Draufgänger, frech und oft hemmungslos, wogegen die eigenen Nachbarn hinterhältig, wenn auch nach außen rücksichtsvoll waren und darauf bedacht, Eindruck zu machen. Einzig Ben konnten sie nicht richtig einordnen, sie fanden ihn ausgesprochen höflich und zuvorkommend und er zeigte nicht die Gewaltbereitschaft, die sie von den Kindern der Unterstadt im Allgemeinen erwarteten. Im Gegenteil, in ihren Augen war er ein echt netter Junge. Sie hätten gern mehr über ihn erfahren, aber Ben interessierte sich im Grunde nur für Fußball. Er spielte auch lange noch allein mit dem Ball, als alle anderen schon Musik tauschten oder Partys machten, doch eines Tages tauchte er plötzlich beim Flaschendrehen auf. Laura fiel erst gar nicht auf, dass er mit von der Partie war, aber als sie drehte und die Flasche bei ihm zum Stehen kam, musste sie lächeln. Sie merkte an seinem Gehabe sofort, dass es sein erster Kuss sein würde, und freute sich darüber, dass ihr diese Ehre zuteilwurde. Danach musste sie noch mehr schmunzeln über die Ungeschicklichkeit ihres Gegenübers und dessen verlorenen Gesichtsausdruck dabei.

Lauras Eltern waren glücklich, ihre Tochter lieferte die geforderten schulischen Leistungen, sie sahen sie zu einer attraktiven Frau heranwachsen und freuten sich ebenso über ihre sportlichen Erfolge. Laura hatte das Volleyballspiel für sich entdeckt und wurde mit der Schule lokaler Schulmeister, ihre körperliche Größe kam ihr dabei zugute.

Der Kontakt zu den Schrottplatzkindern wurde immer weniger, meist ging Laura mit Freunden aus ihrer Nachbarschaft aus. Was vom Umgang mit der anderen Seite übrig blieb, beschränkte sich auf die Schule, und da auch nur auf Ben. Er ging in die Nachbarklasse und konnte als Einziger aus der Unterstadt schulisch mithalten, sehr oft zum Missfallen von Lauras Freunden. Es schien ihnen richtig unangenehm, dass einer aus dem Arbeiterviertel besser lernte als sie selbst. Oft wurde er deswegen gemobbt und verspottet, meist sah Laura sich gezwungen mitzumachen, was sie sehr bedauerte. Sie versuchte sich dabei so gut wie möglich zurückzuhalten, aber der Gruppendruck war zu groß. Wenn sie Ben dann allein in der Bibliothek traf, entschuldigte sie sich für ihre Missetaten. Er verzieh ihr immer und half ihr oft in schulischen Belangen, wenn sie etwas nicht verstand. Die schwierigsten mathematischen Probleme konnte er richtig gut erklären und das steigerte auch ihre Leistungen. Die Eigenschaft, die sie am meisten an ihm bewunderte, war sein eisernes Schweigen, kein einziges Mal sprach er die Vorfälle an, geschweige denn beschwerte sich darüber bei ihr. Dabei kam er ihr keinesfalls verbissen vor, vielmehr wirkte Ben auf sie wie ein riesiger Fels in der Brandung, den scheinbar nichts erschüttern konnte.

Laura wurde sich ihrer Attraktivität immer bewusster und merkte, dass sie gern mit ihrer Schönheit spielte. Die Jungs aus der Nachbarschaft blickten ihr nach und auf den Partys am Wochenende ritterten alle um ihre Gunst. Manchmal ließ Laura dann eine kleine Schmuserei zu, sobald jedoch die Finger ihrer Partner dabei ihren Körper berührten, zog sie sich sofort zurück. Sie war noch nicht so weit, doch von Party zu Party wurden die Versuche ihrer Freunde waghalsiger und auch Laura ließ immer mehr zu, bis sie schließlich mit einem Eroberer im Bett landete. Unter den Jungs machte dieser Umstand schnell die Runde und Laura wurde danach oft Opfer billiger Anmachversuche. Dieses Verhalten ihrer sogenannten Freunde ärgerte sie sehr, so dass sie sich etwas zurückzog und nicht mehr jedes Fest besuchte.

3 Enttäuschung

Bens Probleme in der Schule wurden immer größer, je älter er wurde. Das betraf nicht seine Leistungen, die stetig bergauf gingen – er entwickelte sogar ein mathematisches Talent –, sondern den Umgang mit seinen Schulkollegen, der sich vor allem wegen seiner Herkunft immer schwieriger gestaltete. Die Oberstufe blieb für die meisten Unterstädter ein sozialer Hürdenlauf; von der Mehrheit der Schüler der Oberstadt wurden sie gemobbt und von den meisten Lehrern nicht verstanden. Das Problem bestand darin, dass fast alle Lehrer aus der Oberstadt kamen und sich wenig mit der Unterstadt befassten; im Grunde erwarteten sie, dass aus Arbeit nur Arbeit entstehen könne und kein Bildungsinteresse.

Die Konflikte eskalierten meist körperlich, da der eine Teil der Schüler den verbalen und emotionalen Quäle-

reien nichts als Gewalt entgegenzusetzen hatte und vom Lehrkörper wenig bis keine Rückendeckung bekam. Es gab kaum einen Unterschied zu den Kinderjahren am Schrottplatz, nur waren die Kräfte, die jetzt wirkten, viel stärker. Die Spielkameraden des Schrottplatzes wurden mehr und mehr zu Feinden.
Ben litt unter seiner besonderen Situation, er saß sozusagen zwischen den Stühlen, war mit allen irgendwie befreundet, zumindest im Geheimen. In der Öffentlichkeit aber war er als Unterstädter abgestempelt, bei Treffen abseits der Szene sprachen alle freundlich mit ihm, ja behandelten ihn sogar meist liebevoll. Das führte mitunter zu absurden Vorfällen: Einmal gab er einem Freund von Laura Nachhilfe in der Bibliothek, zwei Stunden später wurde er von ihm in der Kantine gehänselt. Ben gelang es in solchen Situationen, irgendwie darüberzustehen, er wunderte sich nur über die Wendehälse und schwieg meist dazu. Seine Freunde aus der Unterstadt reagierten auf solche Provokationen oft mit Gewaltausbrüchen. Dabei wollten sie nur Zusammengehörigkeit und Geschlossenheit demonstrieren. Ben hatte es dann immer schwer, solche Situationen zu beruhigen.
Eines Tages kam es zu einer Massenschlägerei an der Schule. Laura war daran nicht ganz unschuldig. Sie stritt gemeinsam mit ihrer Freundin Karin gegen ein Mädchen aus der Gruppe des anderen Stadtteils, dabei eskalierte die Situation. Karin stürzte sich auf die Wi-

dersacherin und daraus entwickelte sich eine Keilerei vom Feinsten. Laura wurde von einer ihrer letzten Partybekanntschaften aus dem Gewühl gezogen und gemeinsam liefen sie den Gang zur Aula hinunter. Plötzlich packte ihr Begleiter sie und stieß sie in ein leer stehendes Klassenzimmer.

Ben, für den Gewaltausbrüche wie so eine Schlägerei immer ein Gräuel waren, saß auf einer Bank in der Aula und las eine Zeitschrift über Computerwissenschaft. Sirenen aus der Ferne kündigten bereits das Herannahen der Polizei an.

Als er aus dem Augenwinkel heraus beobachtete, wie Laura von dem Jungen – er war aus ihrem Stadtteil, das registrierte er sofort – in ein leeres Klassenzimmer gezogen wurde, machte ihn das stutzig. Laura wirkte nämlich ganz und gar nicht so, als würde sie freiwillig mitgehen. Ben steckte rasch seine Zeitschrift ein, ging zur Tür und spähte durch einen Spalt hinein. Er sah, wie Laura gewaltsam zu Boden gedrückt wurde und wie der Kerl versuchte sie zu küssen. Was Ben hörte, ließ ihm das Blut in den Adern gefrieren: „Warum wehrst du dich denn so, mit dem andern warst du ja letztens auch im Bett?!", lachte der Junge. „Lass das, du Schwein!", schrie Laura und wehrte sich mit Händen und Füßen. Als der Typ ihr die Bluse aufriss, stürmte Ben mit hochrotem Kopf ins Zimmer, packte den Burschen am Kragen und jagte ihm seine Faust mit einer Wucht ins Gesicht, dass der andere benom-

men zu Boden ging. Dann half er der sichtlich schockierten Laura auf die Beine und reichte ihr seinen Pullover, mit dem sie ihre Brüste bedeckte. Langsam gingen beide Richtung Tür, dabei blickte Ben zurück auf den Übeltäter, der mühsam auf die Knie kam. In diesem Augenblick stürmte der Direktor in den Raum, gefolgt von einigen Polizisten. Der vom Faustschlag gezeichnete Jugendliche schrie ihm sofort entgegen: „Ben wollte Laura vergewaltigen und als ich das verhindern wollte, hat er mich zu Boden geschlagen!"
Ben starrte den Sprecher ungläubig an und wandte sich an Laura, doch die stand wie versteinert da und brachte kein Wort heraus. Die Polizisten packten den verdutzten Ben, legten ihm Handschellen an und schoben ihn aus dem Klassenzimmer. Er hörte noch schwach die Worte des Direktors an Laura: „Von dem hätte ich so etwas eigentlich nicht erwartet, aber Unterstadt bleibt eben Unterstadt." Laura sah Bens Blick, der auf sie gerichtet war, und fühlte förmlich seinen Schmerz. Als die Polizisten ihn abführten, brach sie zusammen. Ein schmuckloses Polizeiauto brachte den in sich zusammengesunkenen Ben auf das nächste Polizeirevier zum Verhör.

4 Frustriert

Laura war schwer mitgenommen, in Decken gehüllt saß sie im Rettungswagen und wartete auf das Eintreffen ihrer Eltern. „Wenn Ben nicht gekommen wäre",

dachte sie, „hätte es schlimm geendet." Sie konnte gar nicht glauben, was ihr passiert war, und fragte sich, wieso sie kein Wort herausgebracht hatte, die Erinnerung an Bens Blick tat ihr noch immer weh.
Ihre Eltern kamen kurze Zeit später und nahmen sie in die Arme. „Dieser Ben, naja typisch Unterstadt, brutal und irrsinnig, gut, dass du den nicht mehr zu sehen brauchst, ich hab es immer schon gesagt, der ist kein guter Umgang für dich! Mich hat gerade der Vater deines Retters angerufen und mir die Geschichte erzählt, gut, dass es solche Zivilcourage noch gibt", überschlug sich ihr Vater. „Den sperren sie lange weg."
Laura starrte ihren Vater fassungslos an und begann an der Schulter ihrer Mutter hemmungslos zu weinen, ihr Hals schnürte sich wieder zu und sie war nicht fähig etwas zu sagen. Ihre Mutter stützte sie auf dem Weg zum Wagen und gemeinsam fuhren sie nach Hause. Laura verschwand unter der Dusche, sie war verzweifelt, denn sie wusste, dass nur sie die Geschichte aufklären konnte, aber der Druck in ihrem Kopf, auch ausgelöst durch die Reaktion ihrer Eltern, machte es ihr unmöglich, sich zu erheben. Das Verlangen nach Gerechtigkeit brodelte in ihr, doch die Lösung schien weit weg. Das warme Wasser tat ihr gut, doch ihre Verzweiflung behielt die Oberhand.
Sie ging zeitig zu Bett und lag dort lange mit offenen Augen. Dabei überlegte sie angestrengt, wie sie die für

alle äußerst unangenehme Sache richtigstellen könnte. Sie konnte nicht einschlafen, die Ereignisse des Tages rasten durch ihren Kopf und zeichneten Bilder von einem verzweifelten Ben. Das Gesicht ihres Vaters verschwamm vor ihrem geistigen Auge zu einer Grimasse, ihr Mund trocknete aus und sie hatte das Gefühl zu ersticken. Kurz vor Mitternacht sprang sie mit einem Seufzer auf und schlich zu ihrer Mutter ins Schlafzimmer. Sie vernahm die leisen Töne des Fernsehers aus dem Wohnzimmer. Ihr Vater saß noch dort, er ging immer spät schlafen. Deshalb glaubte sie, dies sei ein günstiger Zeitpunkt, um mit ihrer Mutter allein zu sprechen.

„Mama, ich muss dir was sagen", weckte Laura ihre Mutter. „Das war alles ganz anders heute, Ben hat mich gerettet! Die Geschichte wurde verdreht." Die Mutter sah Laura schlaftrunken an und murmelte verstört: „Bist du sicher, Schatz, du bist noch immer durcheinander, der Junge, den du beschuldigst, ist aus gutem Hause, der macht solche Dinge nicht. So einer wie dieser Ben dagegen, aus so ärmlichen Verhältnissen, der wusste um seine Chance, niemand hätte was gesehen, und wer weiß, was er mit dir alles angestellt hätte, wenn nicht der andere dazwischengegangen wäre. Du verwechselst da bestimmt etwas in der Aufregung."

„Nein Mama, ganz sicher, ich irre mich nicht!", schrie Laura. Ihr Vater, aufgeschreckt durch diesen lauten

Emotionsausbruch, platzte herein und sagte mit fester Stimme, die keinen Widerspruch duldete: „Was machst du hier, Laura? Geh jetzt schlafen, geh in dein Zimmer und beruhige dich." „Papa, Papa, es war alles ganz anders heute, bitte hör mir zu, bitte, Papa!" Laura versuchte verzweifelt, ihren Vater zu erreichen. „Ich will nichts hören, Laura! Womöglich verteidigst du den Typen noch, los, geh jetzt schlafen, sofort!"
Laura verließ schlagartig der Mut, mit Tränen in den Augen ging sie zurück in ihr Zimmer, um über ihre weiteren Schritte nachzudenken. An Schlafen war nicht zu denken. Sie beschloss, am nächsten Tag den Staatsanwalt aufzusuchen, den Vater ihres Angreifers, und ihm die Ereignisse darzustellen. Zwar war sie sich fast sicher, dass sie nichts erreichen würde, aber sie konnte die Untätigkeit nicht aushalten.
Am frühen Morgen versuchte sie verzweifelt ihre Freundin Karin telefonisch zu erreichen, um mit ihr die weitere Vorgehensweise zu besprechen. Eine zweite Meinung war ihr plötzlich wichtig. Außerdem wollte sie endlich mit einem Menschen reden, der ihr glaubte. Da sie aber ihre Freundin nicht erreichte, entschloss sie sich, die Sache im Alleingang durchzuziehen. Sie verließ grußlos und ohne Frühstück ihr Elternhaus und lief zu der Nebengasse in der Siedlung, wo ihr Angreifer wohnte. Dort traf sie dessen Vater am Parkplatz vor seinem Haus, als er gerade in sein Auto steigen wollte.

„Guten Morgen, Herr Staatsanwalt, ich möchte mit Ihnen über den gestrigen Vorfall sprechen."
„Hallo Laura, so zeitig auf den Beinen, gut, dass mein Sohn dich gerettet hat. Er ist ein echter Held."
„Das war andersherum! Ben hat mich gerettet", erwiderte sie schroff. Sie schaffte es nicht, ihre Emotionen in den Griff zu bekommen, obwohl sie es sich fest vorgenommen hatte. Tränen rannen ihr über die Wangen.
„Du bist noch ein bisschen angeschlagen, Kleines. Der Typ kommt ins Gefängnis, keine Frage! Es ist besser, wenn du dich mit dem nicht mehr abgibst. Da braucht es auch keine Verhandlung, er wird alles zugeben."
Laura war verzweifelt, ungläubig starrte sie auf ihr Gegenüber und Wut überkam sie. „Wenn Ben in den Knast geht, werde ich bei Gericht eine Darstellung abgeben, auch wenn das schlecht für mich, Sie oder Ihre Familie ist! Niemand kann mich davon abhalten."
Der Staatsanwalt schaute sie aus schmalen Augenschlitzen an und fauchte grimmig: „Daraus werden sich Konsequenzen für dich und deine Familie ergeben, wenn du darauf bestehst, überlege es dir gut! Wenn du auch nur ein Wort sagst, werdet ihr viele Schwierigkeiten bekommen, deinen Eltern ist das sicher nicht recht. Besprich das besser mit deinem Vater."

Laura fühlte sich elend und gleichzeitig stieg weiter Zorn in ihr auf: „Kein Gefängnis für Ben, keine Verhandlung, sonst packe ich aus, selbst wenn wir vor die Hunde gehen!" Sie drehte sich um und lief schnell davon, die Antwort hörte sie nicht mehr, Tränen liefen ihr übers Gesicht. Was war da los, was sollte die Drohung gegen ihre Eltern? Sie war innerlich zerrüttet und hatte mehr Fragen als zuvor.

Auf der Polizeiwache, allein in seiner Zelle, hatte Ben viel Zeit zum Nachdenken. Warum hatte Laura geschwiegen, es wäre so leicht gewesen, die Sache aufzuklären. „Warum lässt sie mich so hängen?" Fragen über Fragen gingen ihm durch den Kopf. Er musste an ihren Kuss am Schrottplatz denken, an die viele Mathenachhilfe, an ihr Lächeln und ihre wunderschönen Augen … Lauras Gesicht verschwamm zu einer Fratze und Zorn stieg in ihm auf. Das erste Mal in seinem Leben konnte Ben keine Ruhe bewahren, sein Puls schnellte in die Höhe, seine Zähne gruben sich in seine Lippen und sein Körper begann heftig zu zittern. Er fühlte die Einsamkeit in sich, fühlte Trauer und verstand die Welt nicht mehr.
Die Polizisten hatten ihm alles abgenommen: die Schuhe, den Gürtel, seine Wertsachen. Er wusste nicht, wie lange er schon auf der Pritsche saß, seine Gedanken kreisten unaufhörlich um die Ereignisse der zurückliegenden Stunden. Als er endlich in einen

Verhörraum gebracht wurde, musste er dort wieder warten, bis schließlich zwei Kriminalisten den Raum betraten. Zu den Vorwürfen der versuchten Vergewaltigung und Körperverletzung schüttelte er nur den Kopf. Als er aufgefordert wurde, die Geschichte aus seiner Sicht zu erzählen, schwieg er zunächst, entschied sich nach langem Nachdenken aber doch fürs Reden, wenn er auch wenig Hoffnung hatte, gehört zu werden. Seine Gesprächspartner lächelten süffisant: „Wem wird man wohl eher glauben, dem Sohn eines Staatsanwalts oder dir, ha?" Sie ließen keinen Zweifel daran, dass sie ihn für sozialen Abschaum hielten; dass er keine Vorstrafen habe, wolle nichts heißen, er habe nichts zu erwarten. Verzweifelt suchte Ben nach einem Ausweg, ihm fiel aber nichts ein. Er entschied sich daher, zu allen weiteren Fragen zu schweigen, nur einmal entfuhr ihm: „Ihr habt mich auf Grund meiner Herkunft schon verurteilt, ich habe nichts mehr zu sagen, es ist sinnlos!"

In den folgenden Stunden quälten ihn Selbstzweifel, in seinen Träumen traf er sich wieder mit Laura am Schrottplatz, ihr Gesicht verschwamm dabei zu einer perchtenhaften Fratze und ein unbekanntes Hassgefühl stieg in ihm auf, dabei wusste er gar nicht, ob er schlief oder ob seine Tagträume in die Stille der Zelle drangen. Als er am nächsten Tag wieder in den schmucklosen Verhörraum gebracht wurde, fühlte er sich wie gerädert. Sehr zu seiner Überraschung waren seine Eltern anwesend, sie machten einen mehr als besorgten Eindruck und fielen ihm um den Hals. Sein Vater fragte nach den genauen Hintergründen seiner Verhaftung und wie es ihm denn ergehe in der Haft. Ben berichtete von den Ereignissen und seinen Gedanken und hatte dabei das Gefühl, dass seine Eltern ihm glaubten und hinter ihm standen. Als er fertig war mit seiner Geschichte, ging die Tür auf und einer der Kriminalbeamten vom Vortag sowie eine ihm fremde Frau betraten den Raum. Die Frau stellte sich als Staatsanwältin vor und legte seinen Akt auf den Tisch. Sie holte ein Formular aus dem Akt und erklärte, wenn er dieses Dokument unterzeichne, gebe es keine Anklage wegen versuchter Vergewaltigung, sondern nur wegen leichter Körperverletzung und es sei lediglich mit einer Geldstrafe zu rechnen. Die Schule müsse er allerdings sofort verlassen. Ben wollte wissen, wie denn die Aussage Lauras zu den Vorfällen sei, und erhielt zur Antwort, dass sie aus psychologischen Gründen nicht befragt werden könne. Außerdem gebe es einen glaubwürdigen Zeugen. Ben war fassungslos und starrte die Staatsanwältin mit großen Augen an. Dass er die Schule verlassen musste, traf ihn mit voller Wucht, denn er hatte eine echte Chance gehabt, den Abschluss zu schaffen. Er bat um Bedenkzeit, schickte die Beamten hinaus und wollte sich mit seinen Eltern besprechen, merkte aber bald, dass sie mit der Situation noch viel mehr überfordert waren als er selbst und er von ihnen keine Unterstützung erwarten konnte. Sie waren eingezwängt in ihrer Angst vor der Obrigkeit, ihrer Unterwürfigkeit und ihrer eigenen Hilflosigkeit. So kapitulierte er zähneknirschend, gab schließlich dem Druck nach und unterschrieb das Papier.

5 Einsamkeit

Laura war nicht mehr dieselbe nach dem Vorfall, sie ging nicht mehr viel mit ihren Freunden aus, da sich ihr Peiniger fast immer in der Gruppe befand. Sie fühlte sich oft traurig und merkte langsam, wie sehr ihr der Kontakt zu Ben fehlte. Dabei wusste sie gar nicht so genau, was sie zu ihm hinzog. Ben war immer ruhig, besonnen und hilfsbereit, einfach ein netter Mensch, und je länger er fort war, desto stärker wurde das Verlangen, ihn zu finden und mit ihm zu sprechen.

Auch ein halbes Jahr später hatte sie noch nicht herausgefunden, was eigentlich der Grund ihrer Eltern war, ihre Version der Geschichte abzulehnen. Aus einigen Gesprächen hatte sie mitbekommen, dass Ben die Schule verlassen musste und eine Geldstrafe zu zahlen hatte. Der eigentlich Schuldige, in den Augen aller ein Held, war bedacht darauf, dass Laura Bens Strafmaß in allen Einzelheiten erfuhr. Es blieb ihr absolut unbegreiflich, dass niemand ihre Version hören wollte. Schließlich war sie doch das Opfer! Sie glaubte, dass ihre Eltern sie hatten schützen wollen und die Öffentlichkeit den Vorfall so schnell wie möglich vergessen sollte. Ihre Hartnäckigkeit in der Diskussion mit ihren Eltern und dem Staatsanwalt hatte womöglich dazu beigetragen, dass Ben nicht ins Gefängnis musste. So hoffte sie, sicher war sie sich dabei jedoch nicht, deswegen haderte sie weiter mit sich und ihrer Ohnmacht.

Karin glaubte ihr als Einzige die Geschichte, aber in ihrem Freundeskreis hatten beide keine Chance, die Tatsachen zu erklären. Dort passte es ins Bild, dass nur ein Unterstädter der Täter sein konnte und der Held einer der Ihren war.

Der Vorfall hatte bei Laura keinerlei schulische Probleme verursacht, sie schaffte es bis zur Abschlussprüfung und allmählich beruhigten sich ihre Gedanken. Sie begann wieder mit Freunden auszugehen und am sozialen Leben teilzunehmen. Später entschied sie sich für ein Studium an der Wirtschaftsuniversität und studierte mit dem gleichen Elan weiter, mit dem sie an der Schule gelernt hatte. Am Ende des Studiums verliebte sie sich in einen ihrer Studienkollegen und begann mit ihm eine leidenschaftliche Affäre. Sie fühlte die Liebe bis tief in ihr Innerstes und war das erste Mal seit langer Zeit wieder richtig glücklich. Davon beflügelt, arbeitete sie erfolgreich in einer Wirtschaftsprüferkanzlei in der nächsten Kleinstadt, der Weg dorthin mit dem Auto war zwar mühsam, aber machbar. Die 45 Minuten in eine Richtung halfen ihr beim Abschalten, die Musik im Auto brachte sie auf andere Gedanken. Das Glück verflog, als sie schwanger wurde. Der Vater ihres Kindes entschied sich für seine Freiheit und verabschiedete sie mit einer wenig schmeichelhaften SMS: „Das hätte ich nicht erwartet von dir, damit musst du schon allein zurechtkommen."

In ihrer Not suchte Laura Trost bei ihren Eltern, ihre Mutter hielt zwar zu ihr, aber die Vergangenheit lag immer noch als Schatten über der Beziehung. Daran war Laura nicht ganz schuldlos, da sie ihren Eltern nicht verziehen hatte, wie sie sich in der für Laura schwierigen Zeit verhalten hatten. Ihr Vater reagierte auf ihre Schwangerschaft genauso, wie sie es erwartet hatte: Er machte ihr schwere Vorwürfe, wie sie ihre Karriere so einfach wegschmeißen könne. Ihre so genannten Freunde machten sich über ihr Missgeschick lustig und besonders der Sohn des Staatsanwalts zeigte eine gewisse Schadenfreude. Laura wurde ein weiteres Mal von ihr nahestehenden Menschen verletzt. Einzig ihre beste Freundin Karin blieb auch in dieser Situation an ihrer Seite und unterstützte sie in den ersten Monaten der Schwangerschaft so gut sie konnte.

Lauras Gedanken wurden in dieser Zeit immer düsterer, die Brechreize im Wechsel mit den Hungerattacken setzten ihr ziemlich zu, meist traf es sie bei der

Arbeit. Ihr Chef war wesentlich entspannter als sie, irgendwie freute er sich für seine Mitarbeiterin, er schien Kinder zu mögen. Er bot an, eine Liege in ihr Büro zu stellen, doch Laura lehnte dankend ab. Überhaupt versuchte sie, nur keine Schwäche zu zeigen, was ihr oft nicht leichtfiel.

Die Geburt war dann für Laura wesentlich einfacher als die Zeit davor, das Warten auf den Termin war ihr zum Schluss wie eine Ewigkeit vorgekommen. Sie wusste, dass ihr schwierige Zeiten bevorstanden, ihr Vater konnte oder wollte sich nicht an die Rolle als Großvater gewöhnen und ihre Mutter saß zwischen den Stühlen. Die Unstimmigkeiten zwischen ihren Eltern nahmen mit jedem Tag zu und belasteten das ohnehin angespannte Verhältnis zu ihr noch mehr.

Laura machte sich große Sorgen um die Betreuung ihres Kindes, da sie sofort nach der Karenz wieder zu arbeiten beginnen wollte. Das Nachdenken darüber bereitete ihr oft schlaflose Nächte, glücklicherweise löste sich das Problem auf einfache Weise mit einer ganztägigen Kindergrippe im Ort. Depressiv, wie Laura in dieser Zeit war, hatte sie jedoch bereits den nächsten Grund zur Sorge gefunden. Sie war traurig, dass sie ihr Kind nicht selbst erziehen konnte, und fürchtete sich davor, dass ihre Tochter zur Kindergartenpädagogin statt zu ihr Mama sagen würde.

Jeden Morgen ging Laura sehr zeitig zur Arbeit, ihre Tochter schlief da noch tief und fest. Überhaupt war die Kleine ein Wochenendkind; wenn Laura heimkam von der Arbeit, hatte ihre Mutter, die das Mädchen jeden Tag von der Betreuung abholte, sie meist bereits zu Bett gebracht. Lauras Mutter versuchte ihrer Tochter näherzukommen, indem sie ihre Enkelin hegte und pflegte, meist blieb es jedoch bei dem Versuch, da Laura in ihrer wenigen Freizeit nur ihre Tochter im Sinn hatte. Mit ihrer Mutter sprach sie selten mehr als das Nötigste. Laura versuchte jede freie Minute mit ihrem Kind zu verbringen, was letztlich dazu führte, dass sie an den Wochenenden einsam daheim saß. Karin kam manchmal vorbei und verbrachte auch unter der Woche so manchen Abend mit ihr, aber am Wochenende war Karin meist im Nachtleben unterwegs, da sie noch keine Familie hatte. Lauras Job forderte sie zudem oft dermaßen, dass sie am Abend todmüde ins Bett fiel. Diese Art der Einsamkeit nagte an ihr, ihr fehlte das Familienleben ihrer Kindheit und Jugend und sie wünschte sich in die Zeit vor der versuchten Vergewaltigung zurück.

6 Ausbruch

Ben hatte auch ein halbes Jahr, nachdem er die Schule verlassen musste, die Ungerechtigkeit immer noch nicht verstanden und in seinem Innersten auch nicht akzeptiert. Er war sich sicher, dass er die wahren Hintergründe für Lauras Verhalten irgendwann finden würde. Eine andere Schule blieb ihm verwehrt, da das

Geld für das notwendige Internat fehlte. Die Lehre in der Elektronikfirma war zwar inhaltlich spannend, wirklich befriedigen konnte sie ihn jedoch nicht. Er versuchte viel über Computer zu lernen und verschlang in seiner Freizeit tonnenweise Fachbücher. Mit alten Rechnern baute er sich seine eigene EDV-Welt auf, in der er experimentieren konnte. Manchmal verlor er sich so sehr in ihr, dass er seine Umwelt gar nicht mehr wahrnahm. Er versuchte die Gedanken an die Vergangenheit mit Arbeit zu verdrängen.

Seine Eltern waren noch lange verstört über das Vorgehen ihrem Sohn gegenüber, zuerst die Anschuldigungen, dann die plötzliche Wendung mit dem Geständnispapier und die daraus folgende Geldstrafe. Viele Fragen waren offen geblieben, aber zumindest das Strafregister zeigte keinen Eintrag. Dieser Umstand war noch das Beste an der Situation und linderte für alle den Schmerz ein wenig. Ben bestand darauf, die gesamte Strafe von seinem selbst verdienten Geld zu bezahlen. Das war ihm persönlich sehr wichtig, denn er wollte seine Eltern nicht noch mehr belasten, und das machte die ersten Monate in seinem neuen Leben doppelt schwer.

Kurz vor Ende der Lehre starb Bens Vater an einem Herzinfarkt. Dieser Schicksalsschlag bewirkte eine Veränderung bei Bens Mutter. Sie zog sich immer mehr in ihre eigene Gedankenwelt zurück, die Gespräche mit ihr beschränkten sich auf das Notwendigste und sie nahm kaum mehr am sozialen Leben teil. Ben vermisste seinen Vater, vor allem aber fehlte ihm das alte Familienleben. Er wunderte sich darüber, dass seine Mutter das Haus und das Auto weiter bezahlen konnte. Sie erklärte das mit der Witwenrente, doch Ben war nicht überzeugt. Er konnte sich nicht vorstellen, dass sie so viel Geld bekam. Da er jetzt selbst verdiente, hatte er ein wesentlich klareres Gefühl für Werte, daher wollte er auch seinen Beitrag zu Erhaltung des Hauses leisten, seine Mutter lehnte aber dankend ab. Dass er womöglich nicht die ganze Wahrheit kannte, führte schließlich zu immer größeren Spannungen zwischen Mutter und Sohn. Die Situation eskalierte nach seiner abgeschlossenen Lehre wegen einer Nichtigkeit und er beschloss daraufhin, mit seinem ersparten Geld die Stadt zu verlassen. Er schrieb seiner Mutter einen Brief, in dem er sie um Verzeihung bat, sowohl für die Streitigkeiten der zurückliegenden Wochen als auch für sein plötzliches Verschwinden. Ben entschied sich nach langem Nachdenken für eine größere Stadt, um einen Neustart zu wagen und im Meer der Anonymität unterzutauchen.

In der fremden Stadt angekommen, weit weg von daheim, hatte er das erste Mal seit langem Glück. Er fand sofort einen Job in einer großen Computerfirma. Ein Vorschuss auf das erste Gehalt ermöglichte ihm den Einzug in ein Wohnheim. Er lebte absolut spartanisch, suchte sich einen Zweitjob in einem großen Möbelhaus, in dem er jedes Wochenende verbrachte. Sein Ziel war es, so viel Geld wie möglich auf die Seite zu schaffen. In seinem Kopf geisterten oft die Erinnerungen an seine Eltern herum. „Nur ja nicht in so einem Armenviertel leben wie damals", dachte er oft in den wenigen arbeitsfreien Momenten. So sah er im Geld seinen Weg zu Unabhängigkeit und Freiheit und wieder einmal half ihm die Arbeit, das Rundherum zu vergessen und seinem Ziel näherzukommen. In seinem Hauptjob gelang ihm schnell der Aufstieg, da er die im Selbststudium erlernten Fähigkeiten nahezu perfekt umzusetzen wusste. Er verstand das Netzwerk genauso wie die Hardware und lernte schnell Programme zu entwickeln. Wenn er an den Wochenenden einsam in seinem Bett lag, kam die Erinnerung an vergangene Zeiten hoch und er wurde traurig und nachdenklich. Jedes Mal, wenn er an seine geraubte Schulzeit und die verlorene Chance dachte, wandelte sich die Trauer in Hass, lediglich bei den Gedanken an Laura fühlte er keinen Zorn, ohne dass er es richtig begründen konnte, denn schließlich war sie in seinen Augen am meisten schuld an seiner Lage. Er begegnete diesen schweren Momenten, wie immer, mit Arbeit und begann eine eigene Software zu entwickeln.

Diese Zeit kostete Ben viel Kraft, aber als er genug Geld zusammenhatte, kündigte er den Job im Möbelhaus und besuchte einen Abendkurs zur Studienberechtigungsprüfung für IT-Technik. Es war für ihn eine große Erleichterung und zugleich eine Befriedigung, endlich auf den Pfad seiner Träume zurückkehren zu können. Das Lernen fiel ihm immer noch leicht und seine mathematische Gabe hatte er nicht verloren, fast spielerisch schaffte er die Aufnahme an die Universität. Er wählte Informatik als Studienrichtung und verbrachte die Wochenenden über den Büchern und vorm Computer. Dabei halfen ihm sein Ehrgeiz und seine Programmiertätigkeit aus den Anfangstagen.

Seine Freunde waren auf einer Hand abzulesen, auf Grund der erlebten Enttäuschung in seiner Heimatstadt hatte er bewusst die Isolation gewählt. Als Ausrede für den mangelnden Kontakt benutzte er oft die Arbeit und das Lernen, in Wirklichkeit fühlte er sich in seinem Kopf noch nicht bereit. Mit seiner Mutter hatte er kein einziges Mal telefoniert, auch nicht geschrieben, er wollte einfach allein sein und er genoss es in gewisser Weise auch.

Auf der Uni entdeckte er seine Leidenschaft für EDV-Sicherheit und folgte einer Idee, die schon lange in seinem Kopf kreiste. Er mietete einen Container in einem Containerdorf neben einem alten Schrottplatz und forschte darin an einer Software zur Verbesserung der Sicherheit von Computersystemen, dabei gab er seinen Wochenendarbeiten endlich eine Richtung. Der Blick auf den alten Schrottplatz ließ immer wieder die Erinnerung an den Ort seiner Kindheit aufkommen, an das Flaschendrehen, das Fußballspielen und an Laura. Was war damals nur in sie gefahren, dass sie geschwiegen hatte, er dachte noch immer, dass sie eine gute Freundin gewesen war. Am Anfang betrübten ihn diese Gedanken, aber mehr und mehr gelang es ihm, sich davon zu lösen.

Er schaffte das Studium in der Mindestzeit und schon bei der Abschlussfeier begann er über seine Zukunft nachzudenken. Dabei kam ihm auch seine Mutter in den Sinn, er war nahe dran, sie zu kontaktieren, aber seine selbst geschaffene Isolation ließ es noch nicht zu zurückzublicken. Bald darauf kündigte Ben seinen Job und gründete gemeinsam mit einem Studienkollegen eine eigene Firma. Sie hatten die Software so weit entwickelt, dass sie glaubten, damit den Markt erobern zu können, und begannen eifrig ihre potenziellen Kunden zu bewerben. Der Weg am Anfang war steinig, Ben hetzte von Termin zu Termin und jobbte nebenbei in der Nacht bei einer Abschleppfirma, um zumindest die Wohnkosten hereinzubekommen, er wohnte immer noch im Jugendwohnheim. Diese Art der Arbeit erinnerte ihn an die Zeit der Flucht aus seiner alten Heimat und an seinen Zweitjob im Möbelhaus.

Als Ben an einem späten Abend wieder einmal zu einem defekten Wagen gerufen wurde, dachte er bereits an die Aufgabe dieses Knochenjobs, da seine

Firma gerade begann, erfolgreich zu werden. Die unauffällige, schwarze Familienlimousine stand am Rand der Hauptstraße und daneben eine attraktive Frau, mit einer Warnweste bekleidet. Als Ben aus dem Auto stieg und auf sie zuging, erstarrte er: Laura stand vor ihm.

„Hallo", kam es zaghaft über seine Lippen.

„Ben? Bist du das?"

„Ja."

Es folgte ein langes Schweigen, keiner der beiden sagte ein Wort. Ben bebte vor Emotionen, endlich nach Jahren hatte er Gelegenheit, Laura nach dem Grund für ihr Schweigen zu fragen, aber es war ihm plötzlich egal. Ben wollte gerade das Gespräch, wenn es überhaupt eines war, auf den Grund der Panne lenken, als Kindergeschrei die Stille durchbrach. Laura beugte sich in das Auto und versuchte ihr Kind zu beruhigen, schließlich hob sie es aus dem Wagen und schaute Ben dabei verlegen an.

„Deins?", fragte Ben.

„Ja", antwortete sie mit belegter Stimme.

„Gratuliere, aber was ist mit dem Auto?", fragte er härter, als er eigentlich wollte.

„Es ist plötzlich abgestorben", erwiderte sie leise. „Ben ich möchte dir etwas erzählen."

„Vergiss es", gab er barsch zurück, drehte sich um und stapfte zu seinem Abschleppfahrzeug. Nachdem er das Auto schweigend an den Haken gehängt hatte, wies er Laura in rauem Ton an, in das Fahrzeug zu steigen. Er schleppte es zur nächsten Werkstatt und wartete schweigend neben Laura, bis das Taxi kam, das sie und ihre Tochter abholte. Er vermied es bewusst, mit Laura ins Gespräch zu kommen, weniger wegen dem, was sie vielleicht zu erzählen hatte, als vielmehr wegen seiner eigenen Gedanken. Laura schaute bedrückt, die Ruhe war gespenstisch. Ben merkte, dass sie nach Worten rang und verzweifelt versuchte, den richtigen Text zu finden, doch da fuhr bereits das Taxi vor. Ben verschwand sofort grußlos im Führerhaus seines Lastwagens. Verzweifelt startete Laura doch noch einen weiteren Versuch, mit Ben zu sprechen, der machte aber nicht den Eindruck, als würde er zuhören wollen.

„Du musst mir zuhören, bitte, Ben, bitte hör mir zu, bitte, das war alles ganz anders, bitte, ich wurde gezwungen, verzeih mir …", hörte er Laura noch durch das offene Fenster schreien, der Rest ging im Motorenlärm verloren. Am Weg zur Einsatzzentrale dachte Ben dann doch noch über diese letzten Worte von Laura nach und die Sache beunruhigte ihn mehr, als ihm recht war. Hatte sie ihn vielleicht nicht absichtlich im Stich gelassen damals, steckte mehr hinter der Sache?

Nachdenklich saß Laura anschließend im Taxi und dachte über die zurückliegende halbe Stunde nach. Sie verstand Bens Gram, seinen Widerwillen. Sie würde dieses dunkle Kapitel ihrer Vergangenheit klären müssen. „Ich möchte nicht mit der Schuld leben", dachte sie kämpferisch, zumindest hatte sie jetzt neben ihrer Tochter eine zweite Aufgabe.

Ben hatte mit dem Erfolg seiner Firma wieder langsam am sozialen Leben teilzunehmen begonnen. Sein Firmenpartner war maßgeblich daran beteiligt; er brachte ihn zurück unter Menschen. Seine erste ernst zu nehmende Beziehung hieß Petra. Sie war Leiterin einer Supermarktfiliale und bei ihr lernte er alles, was er in den Jahren zuvor versäumt hatte. Mit ihr baute er langsam seine Schüchternheit ab und wurde auch am sozialen Parkett selbstbewusster. Alles in allem entwickelte er sich zu einem besonnenen, ruhigen Mann, dem es oft gelang, Emotionen aus Gesprächen herauszuhalten. Er fand beinahe zurück zu seiner früheren inneren Ruhe, den Rest an Schmerz in seiner Seele verbarg er geschickt. Die Beziehung endete nach einer heftigen Diskussion über die Ehe, Petra wollte unbedingt heiraten, Ben argumentierte, dass er an einer Ehe nicht interessiert sei, im Kopf schien er noch nicht bereit zu vertrauen, er konnte und wollte diese Angst aber nicht nach außen lassen. Nach der Trennung kaufte er sich aus Freude oder aus Frust – so genau wusste er das selbst nicht – ein Penthouse mit einer großen Dachterrasse. Er genoss es, mit seinem Cabrio durch die Gegend zu fahren. Die Trennung setzte ihm aber an so manchem einsamen Abend dann doch mehr zu, als er sich selbst eingestehen wollte. Aus diesem Schmerz heraus beschloss er seiner Mutter einen Brief zu schreiben, da er die Gefühle zu spüren glaubte, die seine Mutter damals gehabt haben musste, als sie seinen Abschiedsbrief fand. Der Brief kam jedoch eine Woche später retour, mit dem Vermerk „Zustellung nicht möglich, Empfänger verzogen". Mit dieser Antwort hatte Ben nicht gerechnet, sie traf ihn vollkommen unvorbereitet und brachte ihn zum Grübeln. Selbstvorwürfe begannen in ihm aufzusteigen. Er wollte sobald wie möglich die Suche nach seiner Mutter beginnen.

Am darauffolgenden Wochenende entdeckte er zufällig einen Artikel im Immobilienteil einer Tageszeitung über seine Heimatstadt mit Bildern vom alten Schrottplatz. Offenbar existierte er noch, zeigte jedoch – den Bildern nach – eindeutig Verfallserscheinungen. Die Stadt suchte einen Käufer für dieses verwahrloste Grundstück mitten in der Stadt. Die Häufung der Ereignisse rund um seine alte Heimat war wie ein dumpfer Schlag auf seine noch immer verwundete Seele. Immer wieder fielen ihm Laura und ihre letzten Worte bei ihrem zufälligen Treffen ein: „Ich wurde gezwungen, verzeih mir." Er war bis dahin nicht in der Lage gewesen, darüber nachzudenken. Was sie damit wohl gemeint hatte? Ben versuchte zum ersten Mal, den Sinn in dieser Aussage zu erkennen, damals, als er sie spätabends an der Straße getroffen hatte, war er emotional viel zu erregt und verärgert gewesen. Im Nachhinein wunderte er sich selbst über seine Reaktion und fragte sich, wie er mit so wenig Gefühl hatte reagieren können.

Seine Firma entwickelte sich gut, die Umsätze stiegen, die Mitarbeiter wurden zahlreicher und der Platz im Bürogebäude allmählich zu eng. Sein Partner und er tendierten eher zu einem zweiten Standort als zu einem größeren Gebäude. Gemeinsam beschlossen sie daher, das geschäftliche Potenzial des alten Schrottplatzes zu prüfen, vielleicht war er als neuer Standort geeignet. Außerdem könnte Ben dabei versuchen, seine Mutter zu finden und mit ihr ins Reine zu kommen. Ihr Verschwinden machte ihm große Sorgen. „Sie wird doch nicht verstorben sein?", dachte er oft und ärgerte sich über sich selbst, dass er nicht schon früher versucht hatte, mit ihr Kontakt aufzunehmen.

Ben benutzte für die Reise in seine Vergangenheit einen Kastenwagen seiner Firma, der schon ein wenig in die Jahre gekommen war. Er wollte nicht unbedingt als erfolgreicher, gar als reicher Mann wiedererkannt werden, falls er überhaupt erkannt werden würde. Neben Laura fielen Ben nur wenige Menschen aus seiner alten Heimat ein, die ihn wiedererkennen könnten, dafür war er einfach zu lange weg gewesen.

Als Ben in der Stadt seiner Kindheit ankam, begab er sich sofort auf die Suche nach seiner Mutter, der

Schrottplatz würde schon nicht davonlaufen. In den zurückliegenden Stunden am Weg hatte er seine Prioritäten neu geordnet. Die Straße, in der er aufgewachsen war, war nahezu unverändert, die Trostlosigkeit schien einzementiert in den Häusern und wahrscheinlich auch in den Köpfen der Bewohner. Bei der Haustüre der alten Wohnung erkannte Ben, dass seine Mutter tatsächlich nicht mehr dort wohnte. Einen Fehler der Post konnte er also ausschließen. Seine Emotionen übermannten ihn, Tränen rannen über seine Wangen, er machte sich furchtbare Vorwürfe und ärgerte sich über seine Ignoranz. Damals, in der unseligen Situation der Verleumdung, war ihm die Flucht als das einzig Richtige vorgekommen. Der Abbruch der Beziehung zu seiner Mutter sollte seinen Kopf frei für Neues machen, alte Denkmuster auflösen und ihn wahrscheinlich auch von der Trostlosigkeit erlösen, die er jeden Tag aufs Neue gespürt hatte, wenn er heimgekommen war. Er war auch gerade jetzt, in seiner Traurigkeit, überzeugt davon, dass der Schritt in die Ferne richtig gewesen war, aber er machte sich Sorgen, weil er nicht wusste, wo sich seine Mutter befand. Der Ärger über seine Nachlässigkeit in der Verarbeitung seiner Vergangenheit machte ihm sehr zu schaffen, er hoffte darauf, dass er noch nicht zu spät kam, um mit seiner Mutter zu sprechen. Deshalb ging er zum Rathaus, um etwas über ihren Verbleib zu erfahren, vielleicht ihre Adresse zu finden und wieder einen freien Kopf zu bekommen. Er ließ den alten Lieferwagen einfach stehen und machte sich zu Fuß auf den Weg. Irgendwie genoss er es, durch die Straßen seiner Kindheit zu pilgern, manchmal baute er dabei einen kleinen Umweg ein, um alle Veränderungen seiner Heimatstadt zu entdecken. Vieles hatte sich nicht zum Positiven verändert, im Gegenteil: In so mancher Straße lag mehr Müll herum als zu seiner Zeit. Er ging im Geiste in seine Kindheit zurück und ließ auch die Abenteuer seiner Jugend durch seinen Kopf laufen. Dabei wurde ihm bewusst, wie ihm seine Vergangenheit fehlte. Er fing an, über sich selbst nachzudenken, über die Jahre in der Lehre, das Studium und den Firmenaufbau und auch über die Gegenwart, über seine innere Kälte, ausgelöst durch Lauras Vertrauensbruch, und über sein langsames Zurückkommen in die Gesellschaft. Ben lief fast am Rathaus vorbei, so gefangen war er von seinen Erinnerungen. Als er dann vor dem Gebäude stand, war sein Kopf schwer von all seinen Gedanken und er wusste, dass er aufräumen musste.

7 Entfremdung

Je älter Lauras Tochter wurde, desto schwieriger wurde Lauras Situation. Ihre Mutter war der rasanten Entwicklung ihrer Enkelin und dem sich dadurch laufend ändernden Umfeld nicht mehr gewachsen. Daher sah sich Laura gezwungen, ihr Berufsleben zu verändern. Sie brauchte ganz dringend einen Teilzeitjob, um zumindest am Nachmittag ihre Tochter selbst betreuen zu können. Das war ein schwerer Schritt für sie, da sie mittlerweile zur Partnerin der Kanzlei aufgestiegen war. Ein Ausstieg, den niemand in ihrem beruflichen Umfeld so richtig verstehen wollte, da dort Kinder keinen Wert repräsentierten. Das zweite Mal in ihrem Leben erfuhr Laura eine Enttäuschung ihres Kindes wegen: Zuerst hatte der Vater Unverständnis gezeigt, jetzt waren es die beruflichen Partner. Lauras Suche nach einem angemessenen Job erwies sich als mühsames Unterfangen, den meisten gefiel ihr Wunsch nach Teilzeit nicht, den anderen forderte sie zu viel Gehalt. Dadurch sah sie sich gezwungen, ihre Inserate auf die nähere Umgebung auszudehnen und später mangels Erfolg auch auf weiter entfernt liegende Städte.

Laura traf letztlich aus der Not heraus eine für sie schwerwiegende Entscheidung, als das passende Angebot kam. Sie packte ihre Sachen und zog gemeinsam mit ihrer Tochter in jene Stadt, wo sie einst Ben mit dem Abschleppwagen getroffen hatte. Sie hoffte dabei auf einen Neuanfang. Da sie Ben hier das letzte Mal gesehen hatte, suchte sie anfangs sehr intensiv nach ihm. Ihr Innerstes drängte sie richtiggehend zu einer Aussprache mit ihm. Aber sie konnte ihn nirgends finden.

Der Auszug aus ihrer gewohnten Umgebung traf sie schwerer, als sie vermutet hatte. Sie vermisste ihre Freundinnen und ihre Mutter, ihrer Tochter fehlten die Freunde aus dem Kindergarten. Die Einsamkeit, vor allem an den Wochenenden, setzte Laura ziemlich zu, deshalb besuchte sie so oft wie möglich ihre Eltern. Das erwies sich jedoch als kein leichtes Unterfangen, da die ablehnende Haltung ihres Vaters ihr gegenüber zunahm, sie redeten kaum noch ein Wort miteinander. Oft kam ihr Vater das ganze Wochenende nicht nach Hause, wenn sie sich angekündigt hatte. Das nutzte sie dann manchmal dazu, in seinen Sachen nach Unterlagen zu suchen, die ihr irgendwelche Hinweise auf die Taten geben konnten, von denen der Staatsanwalt seinerzeit geredet hatte. Dabei fotografierte sie jedes Mal das Arbeitszimmer ihres Vaters, damit sie es nach ihrer nächtlichen Suche wieder in den ursprünglichen Zustand zurückversetzen konnte. An einem dieser Tage entdeckte sie in einem ausgehöhlten Buch einen Schlüssel zu einem Schließfach, das nicht bei der Hausbank der Familie war. Sie fand auch ein Notizbuch mit mehreren vollgeschriebenen Seiten. Hastig machte sie von jeder Seite ein Foto, sie wollte alles später in Ruhe lesen. Sie hoffte, endlich den Schlüssel zu der Geschichte ihres Vaters gefunden zu haben, wusste aber überhaupt nicht, wie sie an das Schließfach kommen sollte. Sie musste sich einen

Plan ausdenken, einen deutlich besseren als damals, als sie Ben verteidigen wollte.

An den Wochenenden genoss sie es auch, mit ihren alten Freundinnen wegzugehen. Ihre Mutter hatte dann Gelegenheit, mit ihrer Enkelin, in die sie immer noch ganz vernarrt war, ein paar Stunden allein zu verbringen. Die Beziehung zu ihrer Mutter hatte sich durch die Distanz gebessert. Die wenigen Tage, die sie nun zusammen verbrachten, verliefen viel harmonischer als in ihrer gemeinsamen Zeit. Ihr Vater hingegen wurde mit jedem Mal verschlossener und wandte sich immer mehr von seiner Tochter ab. Die wenigen Treffen endeten meist im Streit, da er nicht akzeptieren wollte, dass sie ihren tollen Job gegen einen in Teilzeit mit viel weniger Verdienst eingetauscht hatte. In seinen Augen hatte sie ihre Karriere, für die er selbst hart arbeitete, einfach weggeworfen. Er argumentierte oft, dass er sie nicht hätte studieren lassen, damit sie nun einen Sekretärinnenjob machte.

Lauras einsame Wochenenden in ihrer Wohnung in der Großstadt dagegen waren geprägt von Sehnsüchten nach Freunden und vor allem nach Männern. Ihr Sexleben war mehr als reduziert, eigentlich nicht vorhanden. Nach langem Zögern kaufte sie über ein Internetportal einen Dildo, um sich ein wenig Befriedigung zu verschaffen. Sie hatte nie vorher mit solch einem Ding praktiziert und traute sich erst nach einer Flasche Wein darüber. Die Leichtigkeit, ausgelöst durch den Alkohol und die Befriedigung ihrer Lust, löste viele Spannungen, die sich in ihr aufgestaut hatten. Sie wiederholte die Entspannungsübung so oft sie konnte und wurde so richtig süchtig danach. Das Warten, bis ihre Tochter endlich schlief, ließ ihre Erregung ansteigen, sie spürte oft schon am frühen Abend die Feuchtigkeit zwischen ihren Beinen. Die Sehnsucht nach Erlösung war schwer zu ertragen und führte manchmal zu vermehrtem Alkoholkonsum. Eines Tages übertrieb sie es maßlos und war schwer betrunken und halb entkleidet mit dem laufenden Vibrator in der Hand auf der Wohnzimmerbank eingeschlafen, als ihre Tochter aus dem Schlaf aufschreckte und nach ihr rief.

Laura sprang auf, verhedderte sich mit den Füßen in ihrem Slip und fiel, auch auf Grund ihres hohen Alkoholspiegels, auf den Boden und schlug sich dabei einen Cut am Tisch oberhalb des linken Auges. Schreiend vor Schmerz lag sie am Boden und war kaum in der Lage aufzustehen. Ihre Tochter kam aus dem Schlafzimmer gelaufen und blieb erstarrt stehen: „Was ist, Mama?"

„Ich ... ich hab keine Ahnung", lallte Laura mit schwerer Zunge.

Irgendwie schaffte sie es, auf die Beine zu kommen, taumelte schwer benommen ins Bad, drehte am kalten Wasserhahn in der Dusche und ließ sich am Boden nieder. Das kalte Wasser klärte ein wenig ihren benebelten Geist und spülte das Blut aus ihrem Gesicht. Als sie am Boden sitzend ihre Tochter mit großen Augen in der Badezimmertür stehen sah, begann Laura hemmungslos zu weinen. Es dauerte nicht lange, und ihre Tochter stimmte in das Geheule ein.

Etwas später schaffte es Laura mit zitternden Händen, ihre Wunde mit einem Pflaster zu bekleben. Wankend, mit Tränen in den Augen, begab sie sich ins Bett. Es dauerte eine Weile, bis der Drehschwindel nachließ, es war einfach viel zu viel Alkohol gewesen, sie schwor sich, damit aufzuhören.

Nach einer sehr kurzen Nacht weckte ihre Tochter sie mit dem Wunsch nach einem Frühstück beim Bäcker., Laura, noch immer leicht angeschlagen, ließ sich nach kurzer Diskussion schließlich überreden. Sie hatte zwar starke Kopfschmerzen, einen blauroten Höcker auf der Stirn und einen leichten Schwindel, aber sie riss sich zusammen und ging leicht schwankend mit ihrer Tochter ins Kaffeehaus, um zu frühstücken. Sie hatten gerade bestellt, als plötzlich Ben in einem Werkstättenoverall und mit leicht öligem Gesicht am Nebentisch Platz nahm.

„Hallo Laura, wie siehst du denn aus?", fragte er. Laura war erstaunt. Erstens darüber, dass er da war, zweitens, dass er sie freundlich ansprach, und drittens, dass sie nicht wusste, was sie sagen sollte. „Ich bin gegen eine Kastentüre gelaufen", erzählte sie leise, während ihr Frühstück serviert wurde. Sie bemühte sich, in eine andere Richtung zu sprechen, und hoffte, dass der Kaugummi ihre Alkoholfahne überdecken würde. „Daheim", ergänzte sie und lief dabei rot an im Gesicht.

„Warst du schon beim Arzt?" „Nein, nicht nötig, mir geht es ganz gut." „Die Wunde gehört versorgt, ich bring dich in die Ambulanz. Nach dem Frühstück fahren wir." „Nein, ich will nicht!" „Keine Chance, das bleibt so und so eine Narbe, die Frage ist nur, was für eine. Außerdem musst du eine Kopfverletzung ausschließen."

„Mama, wer ist das?", fragte Lauras Tochter. Laura schaffte es nicht, den Blick von Ben zu nehmen. „Ein alter Freund", sagte sie leise.

„Ben, können wir über unsere Vergangenheit sprechen?", fragte sie etwas kleinlaut. Ben schwieg und sah lange in Lauras fragendes Gesicht. Dass sie ihn einen Freund genannt hatte, machte ihn nachdenklich. Laura wartete gespannt auf seine Antwort und wurde mit jeder Sekunde ungeduldiger. In dieser ungezwungenen Atmosphäre hoffte sie, endlich ihre Vergangenheit begraben zu können.

„Später, nicht hier und nicht in deinem Zustand."

Laura stiegen die Tränen auf und nur mit Mühe konnte sie einen Heulanfall verhindern. Ben hatte hoffentlich die Verletzung gemeint und nicht ihren Rausch! Er bezahlte die ganze Rechnung, nahm Laura am Arm und schob sie gemeinsam mit ihrer Tochter zu seinem

Auto, einem VW Käfer. Das Auto startete ein wenig schwer, aber schließlich kamen sie alle mit dem alten Fahrzeug gut zum Spital. Die Ambulanz war recht voll, Laura stellte sich auf einen langen Aufenthalt ein und hoffte, dass im Laufe der Wartezeit der Alkohol aus ihrem Atem verschwinden würde.

„Laura, was hältst du davon, wenn ich mit deiner Tochter zum Spielplatz gehe, während du hier wartest?"

Laura wusste wieder nichts zu sagen, sondern starrte Ben nur mit großen Augen an. Der lächelte, nahm ihre Tochter an der Hand und ging mit ihr zu einem nahegelegenen Spielplatz. In Laura nagte das schlechte Gewissen, Ben tat so, als sei nichts gewesen, doch sie wusste in ihrem Herzen, dass die Vergangenheit noch nicht bewältigt war. Als Laura nach zwei Stunden endlich verarztet war, kam ihre Tochter mit Ben zur Tür herein. Ben hob nur die Hand zum Gruß, drehte sich um und verschwand.

„Mama, ich soll dich von Ben grüßen, er musste dringend weg." Laura war traurig. „Vielleicht ist es besser so", dachte sie in Anbetracht ihres körperlichen Zustandes „Ich wäre wahrscheinlich gar nicht in der Lage gewesen, etwas Vernünftiges zu sagen."

8 Suche

Ben betrat das Rathaus, lief gleich zur Information und fragte nach dem richtigen Schalter. Er musste nicht lange suchen, bis er vor dem Einwohnermeldeamt stand. Als er den Schalterbeamten sah, stutzte er. Irgendwie kam er ihm bekannt vor. Der Schwergewichtige bewegte sich ächzend auf seinem Sessel hin und her, so dass Ben Angst hatte, der würde jeden Augenblick dem Gewicht nachgeben.

„Guten Tag", grüßte Ben freundlich.

Mit wenig Luft in der Stimme kam die Antwort: „Guten Tag, wie kann ich helfen?"

An der Stimme erkannte Ben seinen Fußballkumpel Peter, gut einhundert Kilo schwerer als in Kindertagen. „Bist du Peter vom Schrottplatz? Ich bin es, Ben, wir haben oft zusammen gespielt."

„Ja, ich heiße Peter. Ben, Ben … Ah, der Fußballzwerg … lange nicht gesehen", ächzte der Dicke. „Wie geht es dir? Was machst du so? Lange nicht mehr gesehen, lange nicht mehr gesehen." Ben merkte, dass Peter die Luft ausging, er überlegte sich kurz, welche Antwort er geben sollte, und entschied sich dafür, nur das Notwendigste zu sagen: „Gut geht's, ich bin das erste Mal seit Langem wieder in der Stadt. Dabei habe ich festgestellt, dass meine Mutter nicht mehr in unserer alten Wohnung lebt. Kannst du mir vielleicht helfen? Als Erstes würde mich interessieren, ob sie überhaupt noch lebt, ich habe leider den Kon-

takt zu ihr abgebrochen, als ich damals fortging." Als er das sagte, lief ihm ein kalter Schauer über den Rücken. Aber er wollte nicht verschweigen, dass er mit seiner Mutter seit seiner Abreise aus der Stadt nicht mehr in Kontakt stand. Er hatte am Weg zum Rathaus erkannt, dass er sich dieser Tatsache stellen musste, und fing gleich damit an, auch wenn es ihm nicht leichtfiel.
„Na, du bist mir einer. Wolltest nimmer mit deiner Mama reden, was!? Aber bei mir bist du richtig, ich kann sie schon finden, wenn sie noch lebt. Normal mach ich das nicht, aber für einen alten Spezi. Fragen wir einmal den Computer."
Während der Computer suchte, betrachtete Ben Peters Büro. Das Rathaus war in den letzten Jahren offenbar saniert worden, die Möbel wirkten recht neu und die Farbe an der Wand war noch beinahe weiß. Im Spiegel an der Wand erkannte Ben, dass die Stadt seine Software benutzte, und er musste grinsen. Nach einer Weile hob Peter schwerfällig den Kopf und schaute Ben mitleidig an: „Sag, was bist du denn für einer, deine Mutter lebt im städtischen Altenheim, seit mehr als zwei Jahren schon! Hast dich nicht gekümmert um sie, was? Sie wird fast zur Gänze von der Stadt erhalten, ihre Notstandshilfe reicht bei Weitem nicht aus."
Ben schaute verdutzt, rote Farbe schoss ihm ins Gesicht und er stotterte ein wenig: „Bist du sicher, meine

Mutter im Altersheim empfängt Notstandshilfe?"
Innerlich graute Ben vor sich selbst, wenn das wahr wäre, dann hatte er ordentlich Mist gebaut! Das für ihn reinigende komplette Loslassen seiner Vergangenheit hatte offenbar seine Mutter in den Ruin gestürzt.
„Ja, ganz sicher. Na du bist mir einer, und jetzt haben wir einen Angehörigen, der für das Altersheim bezahlen wird!", grinste Peter vollmundig.
„Ganz bestimmt", sagte Ben ernst. „Danke, dass du mir geholfen hast, ich bin froh, dass meine Mutter noch lebt. Tschüss."
„Tschüss, na du bist mir einer", hörte Ben Peter erneut sagen, ehe er die Tür schloss. Ben kannte das Altenheim von früher und verschwand rasch aus dem Rathaus, um seine Mutter zu besuchen. Dabei tönte der Austausch mit Peter noch in ihm nach und er erinnerte sich, dass er früher auch schon immer alles zweimal gesagt hatte.
Bens Weg zum Altenheim war ein emotionales Auf und Ab, die Freude darüber, dass seine Mutter noch lebte, wechselte sich mit den Selbstvorwürfen ab. Der Weg zurück zu seinem Lieferwagen reichte aber aus, dass die positiven Gedanken sich durchsetzten.
In das Altenheim lief Ben fast, so sehr freute er sich darauf, seine Mutter wiederzusehen. Bei der Rezeption angekommen, war er leicht außer Atem. Er fragte nach ihr und lief dann über die Treppen in den ersten Stock zu ihrem Zimmer. Davor blieb er stehen. Bis

hierhin war alles ganz leicht gegangen, doch vor der Zimmertür wurde er plötzlich unsicher. Am Weg hatte er über vieles nachgedacht, nur nicht darüber, was er eigentlich sagen würde. „Wie wird sie reagieren, wird sie mich überhaupt wiedererkennen?", dachte er und brauchte beinahe fünf Minuten, um sich zu sammeln und die Tür zu öffnen.

Der erste Eindruck, den ihm seine Mutter vermittelte, war erschreckend und erschütterte ihn tief. In dem Raum, wo sie mühsam mit einer Lupe versuchte, eine Zeitung zu lesen, erschien sie ihm wie ein Häufchen Elend.

„Hallo Mama", sagte er leise, seine Stimme versagte fast.

Seine Mutter hob langsam den Kopf, drehte ihn in seine Richtung, blickt zuerst erstaunt, dann aber lächelnd zu ihm. Sie blieb eine ganze Weile stumm, den Blick starr auf Bens Gesicht gerichtet, dabei rannen langsam Tränen über ihre Wangen.

„Ben", hauchte sie schließlich kraftlos, „Ben, endlich."

Mühsam versuchte sie sich zu erheben, Ben eilte zu ihr, half ihr auf und schloss sie fest in seine Arme.

„Wo warst du so lange, warum hast du dich nicht gemeldet? Ich dachte, du seist tot."

„Ich hatte viel zu tun und wollte mit meiner Vergangenheit nichts mehr zu tun haben. Ich hatte nicht die Kraft und auch nicht den Willen zurückzuschauen. Erst in der letzten Zeit habe ich mich überwunden und hatte auch die Kraft, mich meiner Vergangenheit zu stellen. Durch Zufall erfuhr ich, dass der Schrottplatz verkauft werden soll, das löste viele Emotionen in mir aus und ich begann, mich meiner Familie zu erinnern. Es tut mir leid; wenn ich gewusst hätte, dass es dir so schlecht geht, hätte ich nicht so lange gewartet. Was ist passiert, dass du hier lebst?"

Bens Mutter musste sich wieder setzen, mühsam suchte sie nach Worten. Sie sprach leise, aber mit fester Stimme: „Vor drei Jahren wurde ich am Gehweg von einem unbekannten Autofahrer niedergestoßen und lag über ein Jahr im Spital. Ich musste die Wohnung verkaufen, um die Reha zu bezahlen, den Job verlor ich dadurch und ich bin auch nicht mehr arbeitsfähig, ich kann kaum gehen und die linke Hand nur eingeschränkt bewegen. Ich habe nicht einmal das Geld für eine Lesebrille. Die Stadt bezahlt den Aufenthalt hier, ich bekomme ein bisschen Taschengeld von meiner Notstandshilfe und der Invalidenrente, und das war es."

„Wurde der Autofahrer ausgeforscht?", fragte Ben. Er hatte Mühe, sich zu beherrschen, der Zorn auf den Unbekannten schien ihn fast zu übermannen.

„Nein, leider nicht. Aber erzähl mir von dir: Wie geht's dir, bist du verheiratet, was arbeitest du? Ach Ben, ich hab so viele Fragen an dich, das kannst du dir gar nicht vorstellen!"

„Doch, ich glaub schon, zumindest ungefähr, mir ging es genauso am Weg hierher", erwiderte Ben und begann seine Geschichte zu erzählen. Seine Mutter staunte nicht schlecht, was sie da alles zu hören bekam. Als Ben ihr versprach, sie aus dem Heim herauszuholen, fing sie wieder an zu weinen. Ben verließ seine Mutter zwei Stunden später, die Dämmerung ging bereits langsam in die Nacht über, deswegen eilte er zu seinem Auto und suchte sich schnell ein Hotel. Es machte ihn glücklich, doch noch etwas für seine Mutter tun zu können. An der Hotelbar begann er sofort Pläne zu schmieden und eine Wohnung für sie in den Zeitungen zu suchen. Er notierte sich all seine Überlegungen in seinem Kalender, wobei er Privates fein säuberlich vom Beruflichen trennte. Im Bett lag er dann noch lange wach und arbeitete in Gedanken weiter an seinen Plänen.

Er blieb noch zwei Tage in der Stadt, besuchte jeden Tag seine Mutter, musste dann aber wieder zu seiner Firma. Am Weg dorthin schaute er noch beim alten Schrottplatz vorbei. Er stieg aus und schlenderte über den Platz, die alten Autoreifen lagen noch da, ein Haufen Müll füllte einige Tonnen und ein paar Ratten huschten in ihre Verstecke. Der Platz machte den Eindruck, als würde er schon lange nicht mehr genutzt. Die Kinder der Stadt hatten offenbar einen besseren Treffpunkt gefunden. Er entdeckte auch den Verschlag, in dem sie sich immer getroffen hatten, und musste an Peter denken, der früher wendig über den Platz gerannt war und jetzt als Qualle hinter einem Schalter saß, an Laura, an den ersten Kuss … Die Gedanken an Laura führten ihn zu den Erlebnissen an der Schule und seine Stimmung verdüsterte sich augenblicklich. Er betrachtete das Umfeld des Platzes und entdeckte viele neue Firmen in unmittelbarer Nachbarschaft, einen Supermarkt und einige neue Wohnhäuser. Die Grenze zwischen den einstigen Stadtvierteln war noch immer sichtbar, wenn auch nicht mehr so deutlich wie früher. Der Platz würde gut für seine Firma passen, die Anbindung an die Infrastruktur war gegeben, auch die Größe mehr als ausreichend, dachte er am Weg zum Auto und machte sich auf den Rückweg.

Tage später brauchte Ben ein wenig Ablenkung, das Wiedersehen mit seiner Mutter und vor allem ihr Zustand besetzten seine Gedanken nach wie vor. Er ging in seine Garage, um an seinen alten Autos herumzuschrauben. Sein letztes Projekt war fast fertig, lediglich der Motor musste noch eingestellt werden. Da ihm die technischen Geräte für die Feinabstimmung fehlten, erledigte er solche Maßnahmen immer bei Probefahrten im Morgengrauen. Dazu packte er das Werkzeug in den Wagen, zog sich sein Blauzeug an und begab sich auf eine frühmorgendliche Runde. Nach kurzer Fahrt begann der Motor zu stottern und Ben sah sich gezwungen, einige kleinere Reparaturen vorzunehmen. Letztlich klappte es nach mehreren Stopps, der Wagen lief rund. Auf seinem Weg kam er auch durch die Stadt, in der er als Pannenfahrer einen Nebenjob gehabt hatte. Da sein Magen knurrte, entschied er sich für ein Frühstück am Hauptplatz. Dort im Kaffeehaus hatte er dann Laura und ihre kleine Tochter getroffen und war etwas verwirrt gewesen, da er doch wenige Tage zuvor erst seine Mutter gefunden, den Schrottplatz besucht und über die alten Tage nachgedacht hatte. Laura hatte schrecklich angeschlagen ausgesehen und sich von ihm ins Krankenhaus bringen lassen, wo ihre Kopfwunde behandelt wurde, während er mit ihrer Tochter auf den Spielplatz gegangen war. Laura hatte an diesem Tag über die Ereignisse der Vergangenheit reden wollen, er hatte aber gewusst, dass er seine ganze Kraft erst einmal für seine Mutter brauchen und keine weitere Baustelle schaffen würde. Deshalb war ihm der Anruf aus seiner Firma gerade rechtgekommen.

9 Neustart

Die Suche nach einer geeigneten Wohnung für seine Mutter gestaltete sich schwieriger, als Ben gedacht hatte. Barrierefreie Wohnungen waren rar und deswegen beschloss Ben, gleich nach einem ganzen Haus Ausschau zu halten, das schien ihm leichter zu adaptieren. Er fand ein kleines, einstöckiges Haus, wo er zwei getrennte Wohnungen einrichten konnte, eine für sich im ersten Stock und die im Erdgeschoß für seine Mutter. Vom Wohnzimmer aus würde sie eine kleine Terrasse ohne Stufen begehen können. Den Eingang ins Haus gestaltete Ben ebenfalls stufenlos, das Bad behindertengerecht. Das Haus lag genau gegenüber von Lauras Elternhaus, Ben sträubte sich anfangs dagegen, aber letztlich war es eine gute Lage und die Maklerin war sehr überzeugend. Ben dachte zuerst, er könne so viel wie möglich selbst machen, kam aber durch seine eigene Arbeit nicht wirklich dazu. Letztlich beauftragte er Firmen aus der Umgebung mit dem Umbau, da ihm seine Zeit zu kostbar war. Er vermied anfangs die Wochenenden, um Laura nicht zu begegnen. Wenn er aber da war, beobachtete er oft das Haus ihrer Eltern. Was immer dort verborgen lag, quälte ihn mehr, als er sich eingestehen wollte, jetzt wo er so nahe war.

Bens Firma kaufte einige Zeit später den Schrottplatz, eine Analyse der Umgebung, der Zufahrtswege und Infrastrukturen ließen den Platz als ideal für eine neue Filiale erscheinen. Ben führte die Verhandlungen als Vermittler und nicht als Eigentümer der Firma, die hier einen zusätzlichen Standort bauen wollte. Dass die Stadt die gleiche Maklerin beauftragt hatte wie für sein neues Haus, war ihm nur recht. Sie hieß Karin und er wusste, dass sie die beste Freundin von Laura gewesen war. Über ihre momentane Beziehung wusste er nichts, wollte auch nicht fragen, denn die beiden kamen sich bei den Verhandlungen näher, als Ben am Anfang recht war. Er fühlte immer stärkere Gefühle für sie in sich aufsteigen und Karin schien richtig verliebt zu sein. Dennoch zog er es vor, über seine Vergangenheit in der Stadt zu schwiegen. Doch die Chance, dass sein Geheimnis auch wirklich geheim bleiben würde, wurde von Tag zu Tag kleiner: Er hatte das Haus für seine Mutter gekauft, er wohnte in der Nähe von Lauras Eltern und Karin kannte seinen vollen Namen. Aus dieser Mischung aus Liebe und der Angst vor einem Vertrauensbruch entstand zunehmend eine Belastung für Ben. Er war sich bewusst, dass er Karin hinterging, schaffte es aber nicht, sich zu öffnen, dennoch genoss er die Beziehung und fühlte sich sehr zu Karin hingezogen, anders als zu Laura. Er befand sich gewissermaßen zwischen zwei Mühlsteinen oder war zumindest am Weg dorthin. Sie würden ihn zermahlen, wenn es ihm nicht gelang, die Situation zu klären. Er wusste aber nicht, wie.

Als nach langem Warten endlich die Bauarbeiten für das neue Bürohaus begannen, zog Ben in die Wohnung über der von seiner Mutter, zumindest für ein, zwei Nächte die Woche. Er schaffte es dennoch oft, Karin an den Wochenenden aus der Stadt zu entführen, damit reduzierte er das Risiko, auf Laura zu treffen. Wenn er die Wochenenden nicht mit Karin verbrachte, arbeitete er in seinem alten Büro, wo er nur der Firmenchef war. Die Situation änderte sich jedoch schlagartig, als Karin eine Sommerparty plante, zu der sie unter anderem auch ihre beste Freundin Laura einlud, damit sie endlich ihren Liebsten kennenlernen könnte. Ben erstarrte bei dieser Mitteilung, er fühlte die raue Oberfläche der Mühlsteine auf seiner Haut, seine innere Ruhe brach zusammen. Er stammelte leise seine Zustimmung, während er angestrengt darüber nachdachte, wie er diese Situation auflösen könnte. Er liebte Karin und hatte richtige Schmetterlinge im Bauch, dennoch fühlte er sich auch zu Laura hingezogen, aber irgendwie anders. Diesen Unterschied spürte er erst jetzt, wo er mit Karin zusammen war, selbst seine Beziehung mit Petra war anders gewesen und weit weg von der Liebe, die er jetzt für Karin empfand. „Die nächsten Wochen werden ein Wahnsinn, ich werde sehr viel Glück benötigen, um mich da herauszuholen", grübelte er; die Party, die Übersiedlung, die Eröffnung des neuen Büros standen vor der Tür. Die folgenden Tage waren ein Auf und Ab in Bens Emotionen, er kümmerte sich um zusätzliches Personal, er stellte einige der neuen Mitarbeiter schon früher an, um sie in der Zentrale lernen zu lassen. Dort platzte das Gebäude bereits aus allen Nähten, er hatte sogar vorübergehend Container aufstellen müssen, deswegen machte er mit der Übersiedlung Druck. Nebenbei organisierte er den Umzug beziehungsweise die Einrichtung des neuen Standortes, dazwischen betreute er auch seine Mutter, organisierte einen Augenarzt, Brillen und einen Gesundheitscheck für sie. Untertags konnte er durch die Arbeit den näherkommenden Beziehungsstress verdrängen, aber abends holte ihn alles wieder ein. Ihm lief die Zeit davon, er konnte kaum noch ruhig schlafen.

Das wesentliche personelle Grundgerüst für die neue Filiale hatte Ben schnell beisammen, es fehlte nur noch ein Leiter für das Controlling, der Job war schon ausgeschrieben. Als die Baustelle endlich fertig war, bat Ben seinen Partner, die Eröffnungsfeierlichkeiten am neuen Standort durchzuführen. Er hielt es immer noch für besser, im Hintergrund zu bleiben, vor allem wegen des ungelösten Problems mit Karin. Aber auch seine Vergangenheit barg ein gewisses Risiko für den neuen Standort. Ben traute dem Frieden nicht so recht, aber er war ja schließlich von keinem ordentlichen Gericht verurteilt worden, sondern nur von ein paar wenigen Menschen. Seine polizeilichen Akten enthielten keinerlei Hinweis auf eine Verurteilung, das wusste er, denn er hatte einen Strafregisterauszug angefordert. Ben glaubte deswegen auch, dass die ganze Aktion eine Verschwörung gegen ihn persönlich oder auch seine Familie gewesen war, nur beweisen konnte er es nicht. Alle Beteiligten schwiegen und er selbst wollte Laura nicht zuhören. „Das muss ich ändern!", beschloss er.

Die Eröffnungsfeier war ein voller Erfolg, der Bürgermeister freute sich über die neuen Arbeitsplätze, die lokale Presse widmete der Firma ihre besten Seiten und die Stadt verlor einen ihrer Schandflecken. Nun stand an der Stelle von alten Autoreifen ein modernes Bürogebäude, die Ratten hatten den Menschen Platz gemacht.

Als Ben unter den ersten Bewerbungen für den Controllerjob Lauras Anschreiben entdeckte und ihre Qualifikationen las, entschied er spontan, dass er ihr den Job geben würde. Er wusste nicht, warum er sich so sicher war, dass diese Entscheidung richtig sei. Ihre Falschaussage stand noch immer zwischen ihnen, andererseits hatte sie auch versucht, mit ihm ins Gespräch zu kommen. Er rief seinen Geschäftspartner an, erzählte ihm von der Bewerbung und bat ihn, die Gespräche zu übernehmen.

Fast gleichzeitig mit der Eröffnung der neuen Filiale wurde die Wohnung für seine Mutter fertig. Ben bereitete ihre Übersiedlung vor, dazu stellte er eine Hilfe an und holte mit ihr gemeinsam seine Mutter vom städtischen Heim ab. Sie brachten sie zu ihrem neuen Haus, am Weg dorthin war sie richtig aufgedreht. Sie erzählte Ben, dass sie nicht mehr damit gerechnet hätte, das Heim jemals wieder zu verlassen. Die letzten Tage hätte sie von ihrer eigenen Terrasse geträumt, die sie mit Blumen schmücken würde, von Büchern, die sie dort lesen würde, und von neuem Glück. Ben lächelte, als er das hörte. „Eine meiner seelischen Wunden beginnt sich zu schließen", dachte er, aber er hatte noch ein paar übrig. Beim Haus angekommen, trug Ben die wenige Habe seiner Mutter hinein, während die Heimhilfe ihr aus dem Auto half. Ben beobachtete von drinnen, wie Lauras Vater aus seinem Haus kam und über die Straße zu seinem Auto ging. Er musste dabei an Bens Mutter vorbei, und als sie sich begegneten, erstarrten beide. Ben stutzte. Die beiden sahen sich einige Augenblicke lang schweigend an. Er hörte nicht, was sie sagten, aber als er die weit aufgerissenen Augen von Lauras Vater auf das Haus blicken sah, wusste er, dass irgendetwas ihn erschreckte. Seine Mutter betrat wenig später das Haus, dabei zitterte sie am ganzen Körper und weinte bitterlich. Ben versuchte von der Heimhilfe etwas in Erfahrung zu bringen, doch die konnte ihm auch keine Erklärung geben.

„Mutter", fragte Ben aufgewühlt, „was war da draußen los?"

„Setz dich, das ist eine lange Geschichte, du sollst jetzt endlich alles erfahren", hauchte seine Mutter mit tränenerstickter Stimme. Bens Augen wurden groß und seine innere Spannung war am Zerreißen, als er am Sessel Platz nahm.

10 Findung

Laura freute sich, als sie von Karins Beziehung erfuhr, sie stutzte zwar einen kurzen Moment, als Karin ihr den Vornamen ihres Freundes mitteilte, dachte sich jedoch nichts weiter dabei, es gab viele Bens, und ihrer lebte ja nicht mehr in der Stadt. Sie würde ihn früher oder später kennenlernen, da sie von Karin wusste, dass er das Haus gegenüber von ihren Eltern gekauft hatte, und sie war ja auch zu Karins Party eingeladen. Dieser Ben muss ein echt toller Typ sein, dachte sie, denn sie hatte ihre Freundin noch nie so verliebt erlebt. Laura beneidete sie zwar etwas wegen ihres Glücks, gönnte es ihr aber von Herzen, denn Karin hatte es sich in ihren Augen mehr als verdient, hatte sie ihr doch immer zur Seite gestanden und sie unterstützt, wo es nur ging.

Als Laura das Inserat in der Zeitung entdeckte, bewarb sie sich sofort. Sie sah die Chance zurückzukommen, das hatte sie sich immer mehr gewünscht in letzter Zeit. Als Adresse des ausgeschriebenen Jobs erkannte sie den alten Schrottplatz. Sie stellte es sich lustig vor, dort zu arbeiten, wo sie Teile ihrer Kindheit verbracht hatte. Ein paar Tage später bekam sie eine Einladung zu einem Bewerbungsgespräch, die schnelle Antwort verwunderte sie ein wenig, denn die meisten Antworten auf ihre Bewerbungen dauerten Wochen, wenn überhaupt welche kamen. Das Bewerbungsgespräch konnte sie auf einen Freitag legen, dazu nahm sie sich Urlaub und brachte ihre Tochter zu ihrer Mutter. Dabei bemerkte Laura flüchtig, dass im Haus gegenüber bereits eine alte Frau eingezogen war. „Das ist bestimmt Bens Mutter", dachte sie. Laura kannte das Haus, die alten Besitzer waren erst wenige Monate zuvor in ein Altersheim gezogen. Von Karin hatte sie erfahren, dass Ben das Haus für seine Mutter umgebaut hatte und den ersten Stock für sich benutzen wollte. Ihre Spannung stieg, als sie sich in ihr Auto setzte, um zu ihrem Bewerbungstermin zu fahren. Als sie sah, dass das neue, moderne Bürogebäude der Computerfirma mit einem großen Parkplatz davor tatsächlich genau an der Stelle des alten Schrottplatzes stand, musste sie erneut lächeln. In den Zeitungen hatte sie schon Fotos gesehen, aber die Realität übertraf die Bilder bei weitem. Beim Betreten des Gebäudes gingen ihr viele der alten Geschichten durch den Kopf und befreiten ein wenig ihren Geist von der Nervosität vor dem Einstellungsgespräch. Laura hoffte auf den Job, es würde ihr guttun, wieder in ihrer Heimatstadt zu leben. Sie zitterte leicht, als sie dem Personalchef gegenübertrat, und spürte das Nervenflattern. Noch nie hatte sie einen Job so unbedingt gewollt wie diesen. Laura hatte Angst zusammenzuklappen. Ihr Gegenüber war ausgesprochen höflich, das sprang bald auch auf sie über. Sie wurde von Minute zu Minute selbstsicherer, konnte alle fachlichen

Fragen beantworten. Rund eine Stunde später hatte sie den Job, mit Teilzeit, mit einem schönen Gehalt und mit der Möglichkeit, von daheim zu arbeiten. Es wunderte sie ein wenig, dass sie sofort den Zuschlag bekommen hatte, aber letztlich war es ihr egal, Hauptsache, sie hatte den Job. Laura rief sofort Karin an, und da diese gerade Zeit hatte, trafen sie sich in dem Kaffeehaus am Hauptplatz, wo sie sich schon als Schülerinnen gerne aufgehalten hatten, wenn es etwas zu bereden gab. Laura schwelgte in Glücksgefühlen, erzählte von dem Vorstellungsgespräch, den äußerst freundlichen und sympathischen Kollegen, die sie nach dem Gespräch noch kennengelernt hatte. Dabei merkten die beiden gar nicht, wie die Zeit verrann, Karin freute sich, denn ihre Freundin würde zurückkehren in ihre Heimatstadt. Sie würden bald wieder viel mehr Zeit miteinander verbringen können.

Die Woche vor Karins großer Party war auch Lauras erste Arbeitswoche in ihrem neuen Job. Der Stress der zurückliegenden Wochen hatte sie sehr mitgenommen. Mit Karins Hilfe hatte sie sich eine kleine Wohnung gemietet, die Übersiedlung geplant, die Schule für ihre Tochter organisiert und den alten Job ordnungsgemäß übergeben. Für ein paar Urlaubsstunden war einfach keine Zeit geblieben. Als sie an ihrem neuen Arbeitsplatz eintraf, wurde sie vom Personalchef und einem der beiden Firmeneigentümer empfangen und der ganzen Firma vorgestellt. Sie hatte neben einer eigenen Sekretärin noch zwei weitere Mitarbeiter und ein großes, helles Büro mit einem herrlichen Blick über die Stadt. Sie bekam die Unterlagen zur Verfügung gestellt und begann sich einzuarbeiten. Ihre Sekretärin war schon lange in der Firma und aus persönlichen Gründen in die neue Filiale übergesiedelt. Dieser Umstand erwies sich für Laura als ein Glücksfall, da sie so über die wichtigsten Firmendaten schnell informiert wurde. Sie erkannte sofort, dass es sich bei ihrer neuen Arbeitsstelle um eine unglaublich erfolgreiche Softwarefirma handelte. Die Umsatzzahlen und Gewinne waren dermaßen unglaublich, dass sie zweimal hinsehen musste. Sie machte einen Termin in der Zentrale, um ihre dortigen Kollegen kennenzulernen und gemeinsam mit ihnen die Strategie auszuarbeiten, wohin sie die Firma steuern wollten. Die erste Woche verlief super und ohne besondere Vorkommnisse. Sie wurde von allen schnell akzeptiert und konnte auch bald mit ihrem Fachwissen punkten. Am Freitag in der Früh kam sie zeitig ins Büro, um am Nachmittag noch ein paar Besorgungen für Karins Fest machen zu können. Beim morgendlichen Kaffee in ihrem Zimmer dachte sie kurz an die Party am Abend. Sie lehnte sich dabei in ihrem hohen Ledersessel zurück und durchlief in Gedanken gerade noch einmal die Ereignisse der zurückliegenden Wochen, als das Telefon sie zurück in die Gegenwart holte. Ihre Sekretärin teilte ihr mit, dass sie, wenn möglich, sofort zu einer Besprechung zum Firmenchef kommen solle. Laura packte Block und Stift ein, ging zum Lift und fuhr ins Dachgeschoß. Dort wurde sie bereits erwartet und in einen leeren Besprechungsraum geleitet, der Tisch war zu ihrer Verwunderung mit Kaffee und Kuchen gedeckt. Laura dachte sich nichts dabei, als sie von der Chefsekretärin erfuhr, dass sich der zweite Eigentümer heute bei ihr vorstellen würde. Er war der Einzige aus der Führungsebene, den sie noch nicht persönlich kannte. Sie brauchte nicht lange zu warten und die Tür ging hinter ihr langsam auf. Als Laura sich umdrehte und die Person erkannte, die den Raum betrat, stockte ihr der Atem. War Ben der Chef, nein, das konnte nicht sein, er arbeitete doch bei einer Abschleppfirma oder als Mechaniker, zumindest hatte er immer mit Autos zu tun, wenn sie ihn traf, erinnerte sie sich.

„Hallo Laura", sagte Ben langsam, „überrascht, mich zu sehen?"

„Ja", hauchte Laura mit hörbar unsicherer Stimme.

„Ich hab dir etwas zu erzählen und ich weiß nicht, ob es dir gefallen wird."

Laura starrte Ben mit großen Augen an und sagte vorsichtig: „Ich habe dir auch etwas zu sagen, schon seit ganz langer Zeit. Ich …"

„Ich kann es mir denken, Laura", unterbrach Ben sie schroffer, als er wollte, „aber bitte hör mir erst einmal zu; was ich zu erzählen habe, wird nicht einfach für dich und war und ist für mich auch jetzt noch nicht zu verstehen." Ben unterbrach sich, um Luft zu holen. Laura merkte, dass er innerlich bebte, ihr ging es nicht anders. Ben musste zweimal ansetzen, um mit belegter Stimme fortzufahren: „Dein Vater und deine Mutter waren und sind ein erfolgreiches Paar, aber dein Vater ist früher fremdgegangen. Dabei lief er meiner Mutter über den Weg und sie wurde schwanger mit mir, fast zur gleichen Zeit, als deine Mutter mit dir schwanger war. Dein Vater entschied sich für deine Mutter und verließ meine. Sie lernte fast zur gleichen Zeit jenen Mann kennen, den ich jahrelang bis vor einigen Tagen als meinen Vater betrachtet habe, er liebte meine Mutter so sehr, dass er mit ihr das Kind eines Fremden aufzog, ohne mich das je spüren zu lassen. Dein Vater regelte die Sache gemeinsam mit seinem Freund, dem Staatsanwalt, und zahlte meiner Mutter Schweigegeld. Ich nehme an, er wollte deine Mutter nicht verlieren, da sie viel Geld besaß, aber das ist nur eine Vermutung meiner Mutter, die ich erfuhr, als sie mir die Geschichte vor wenigen Tagen erzählt hat. Dieses außergerichtliche Schweigegeld, so nenne ich es, war auch der Grund, warum wir uns damals ein großes Auto leisten konnten und recht gut lebten, obwohl meine Eltern nur einfache Arbeiter waren. Ich dachte immer, die verdienen gut in ihrem Job, aber in Wirklichkeit lebten wir zum Teil vom Geld deiner Eltern,

möglicherweise auch nur von dem deiner Mutter. Meine Mutter hat mir die Geschichte, wie gesagt, erst vor kurzem erzählt, als sie in das neue Haus einzog und deinen Vater auf der Straße traf. Sie hat von der Niedergeschlagenheit gesprochen, als sie seinerzeit von der Entscheidung deines Vaters erfuhr, aber auch von der Zustimmung, die sie zu allen Vorschlägen gab. All das lastete schwer auf ihr." Ben machte eine kurze Pause, bevor er weitersprach: „Wir sind Geschwister, Laura."
Laura starrte Ben fassungslos an, Tränen rannen ihr über die Wangen, es war ihr unmöglich, etwas zu sagen. Plötzlich machte irgendwie alles Sinn: das geheime Schließfach, die Worte des Anwaltes und das Verhalten ihres Vaters. Laura war verzweifelt, dachte sofort an ihre Mutter und war sich sicher, dass sie nichts von den Ausflügen ihres Vaters gewusst hatte. Ben sah die Tränen auf Lauras Gesicht und merkte, dass sie um Fassung rang, er entschloss sich dennoch, alles zu erzählen, die ganze Last loszuwerden.
„Es geht noch weiter, Laura, dein Vater nutzte die Geschichte mit deiner Fastvergewaltigung, um mich loszuwerden, er wusste von meinen schulischen Erfolgen und hatte Angst, er müsste auch noch mein Studium bezahlen. Kurz nachdem ich die Lehre abgeschlossen hatte, stellte er die Zahlungen an meine Mutter ein. Als ich ausgezogen war, musste meine Mutter das Haus verkaufen, eine kleine Wohnung

mieten und wurde durch einen Unfall auch noch so schwer verletzt, dass sie nicht mehr arbeiten konnte. Dein Vater half auch noch seinem Freund aus der Patsche, indem er mich vorschob und so dessen Sohn schützte; die Beziehungen des feinen Anwalts reichten, um mich abzuschieben. Aber das Schicksal meiner Mutter ist nicht nur die Schuld deines Vaters, in den letzten Jahren hätte ich mich um sie kümmern müssen, doch mich hatte die Verurteilung und der Verweis aus der Schule aus der Bahn geworfen. Ich war frustriert, enttäuscht und hatte ein großes Problem damit, Menschen zu vertrauen. Bei dir wusste ich nicht, wie ich mich verhalten sollte, oft war ich nicht bereit, mich der Vergangenheit zu stellen, ich konnte und wollte nicht glauben, dass du mich damals so hintergangen hattest. Erst als ich dich dann mit deiner Tochter traf, keimte langsam der Entschluss in mir, mit der Vergangenheit aufzuräumen."
Ben schwieg nach den letzten Worten und schaute Laura in die Augen. Die konnte seinem Blick kaum standhalten und weinte bitterlich: „Jetzt verstehe ich vieles erst so richtig, jetzt macht alles Sinn. Verzeih mir! Ich durfte nichts sagen damals, geschweige denn eine Aussage machen, mein Vater hat es mir verboten, der Anwalt erpresste mich irgendwie mit meiner Familie und machte mir ein schlechtes Gewissen. Mit einem Gutachten, in dem stand, dass ich zu mitgenommen sei, erreichte er, dass ich von einer Zeugen-

aussage absah. Meine Mutter wollte mir nicht glauben, da ja die Behauptung des Herrn Staatsanwalts wichtiger war, solche Menschen lügen nicht, wie eklig. Karin ist die Einzige, die mir glaubte! Bist du der geheimnisvolle Freund von meiner besten Freundin, der geheimnisvolle Ben, den sie mir heute Abend vorstellen möchte?", fragte Laura mit tränenerstickter Stimme.

„Auch ich sehe langsam vieles klarer, Laura, und ja, ich bin der Freund von Karin und durch ihre Sommerparty bin ich gezwungen, reinen Tisch zu machen. Ich hätte die Aussprache heute auf jeden Fall gesucht, auch wenn ich die Geschichte von meiner Mutter nicht gehört hätte. Ich glaube dir und kann dir auch verzeihen, ich weiß, was für eine starke Persönlichkeit dein Vater ist, und gemeinsam mit seinem Freund, dem Staatsanwalt, werden sie sich schon das eine oder andere Ding gerichtet haben."

„Ich denke, Karin kennt unsere gemeinsame Geschichte nicht, denn sie hätte bestimmt bei unserem letzten Treffen etwas erzählt. Stimmt das, Ben?"

„Ja, und das ist mein Problem; Karin hat auch keine Ahnung, dass die Firma, der sie den alten Schrottplatz verkauft hat, meine ist. Irgendwie habe ich große Schuldgefühle ihr gegenüber, über meine Vergangenheit war ich nicht besonders ehrlich."

Lauras Gedanken überschlugen sich, einerseits freute sie sich über ihren neuen alten Bruder Ben. Sie hatte sich einfach schon immer zu ihm hingezogen gefühlt, aber keine Erklärung dafür gehabt, jetzt wusste sie, dass das die Familienbande gewesen waren. Seine wohlbedachten Worte riefen ihr den ruhigen, netten Jungen aus ihrer Schulzeit wieder in Erinnerung. Sie wollte ihm unbedingt helfen, alles aufzuklären. Karin war ihre beste Freundin und sie würde es schaffen, es ihr zu erklären, das war sie den beiden schuldig, Ben für seine verlorene Schulzeit, Karin für ihre Treue.

„Ben, darf ich dir helfen, als Schwester, ich möchte mit Karin sprechen und ihr die Situation erklären, sie wird mir zuhören und ich bin mir sicher, sie wird es verstehen."

„Danke Laura, aber ich denke, es ist besser, wenn ich es ihr selbst sage, denn das hat sie verdient. Aber du kannst mich begleiten, ich glaube, ich kann es nicht allein", gab Ben kleinlaut zu; die Angst, seine Freundin zu verlieren, saß ihm im Nacken. „Noch etwas, ich möchte, dass du den Job hier behältst, bitte! Es liegt mir viel daran, dass du hier mit mir gemeinsam arbeitest in meiner Firma."

„Darüber habe ich noch gar nicht nachgedacht, aber ich denke, es spricht nichts dagegen. Jetzt möchte ich erst einmal zu meinen Eltern gehen, ich habe das Bedürfnis, mit ihnen zu sprechen. Ich freue mich riesig, dich als Bruder gefunden zu haben, und ich danke dir, dass du mir verzeihen kannst, das täte nicht jeder. Ich muss jetzt nach Hause und das mit meinem Vater klären. Treffen wir uns am frühen Nachmittag mit Karin, du organisierst das Treffen, ich bin dabei! Glaub mir, ich verstehe deine Beweggründe wie keine andere!"

„Okay, ich melde mich bei dir wegen der Uhrzeit und hol dich dann ab. Bis später, Schwester." Bens Lippen deuteten ein Lächeln an, als er sich von Laura verabschiedete. Er ging zurück in sein Büro und informierte Karin, dass er nicht so lange arbeiten wolle und schon am frühen Nachmittag bei ihr vorbeikommen würde. Ihre Aufregung spürte er sogar durchs Telefon; sie stand mitten in den Vorbereitungen zu ihrem Fest.

11 Epilog

Laura packte ihre Sachen, lief zu ihrem Wagen und fuhr zum Haus ihrer Eltern. Am Weg dorthin drehte sich alles in ihrem Kopf um die Rolle ihres Vaters. Sie war überzeugt, dass Bens Geschichte stimmte, und fühlte fast körperlich ihren aufsteigenden Zorn, den sie am liebsten laut herausgeschrien hätte. Laura versuchte die ganze Zeit plausible Gründe für das Verhalten ihres Vaters zu finden, aber es gelang ihr nicht. Sie sprang aus dem Auto, rannte zur Haustür, sperrte auf und riss die Tür fast aus den Angeln. Ohne sich die Schuhe auszuziehen ging sie geradewegs ins Wohnzimmer, dort fand sie ihre Mutter mit Tränen in den Augen auf der Couch, ihr Vater weinte am Speisezimmertisch. Laura betrachtete die angespannten

Gesichter ihrer Eltern und begriff augenblicklich, dass ihr Vater offenbar gestanden hatte.

„Laura, mein Schatz, du hast einen Bruder, einen Halbbruder", presste ihre Mutter kraftlos hervor. „Ich weiß", sagte Laura und ihre Mutter blickte sie erstaunt an. „Wie, du weißt?" Laura antwortete nicht, stattdessen wandte sie sich an ihren Vater: „Was bist du doch für ein Lügner!", schrie sie ihn an, „und so gemein, sorgst dafür, dass ein anderer bestraft wird, nur weil du nicht in der Lage bist, zu deinen Taten zu stehen, machst deiner Frau die große Liebe vor, nur damit du ein ruhiges Leben hast!" Am liebsten hätte Laura ihrem Vater noch mehr Dinge an den Kopf geworfen, aber nach all dem Gehörten fehlte ihr dazu die Kraft. Sie wollte mit ihrer Mutter allein sein. „Ich denke, es ist besser, du verschwindest für eine Weile", sagte sie bestimmt in Richtung ihres Vaters, dabei funkelten ihre Augen.

Geknickt zog ihr Vater sich zurück und Laura wandte sich ihrer Mutter zu: „Ich werde dir sobald wie möglich meinen Bruder und dessen Mutter vorstellen, er ist ein toller Mensch, der viel durchgemacht hat wegen Vaters Gier. Er hat sich trotz des unerfreulichen Endes seiner Schullaubahn durchgeboxt, hat sich etwas aufgebaut und kann mir verzeihen. Er versteht, dass ich damals keine Chance gehabt habe, ihm zu helfen. Vater hat uns einfach eingeschüchtert, auch dich, Mama. Um sein Leben zu retten, hat er versucht, ein anderes zu zerstören. Ich kann nicht sagen, ob ich jemals die Kraft haben werde, ihm das zu verzeihen." Nach einer kurzen Pause fuhr Laura fort: „Mein neuer Job ist in seiner Firma. Mein Bruder ist ein erfolgreicher Unternehmer, Vater hat es nicht geschafft, ihn zu vernichten."

Lauras Mutter konnte nichts sagen, sie vergrub ihr Gesicht tief in die Couch und ließ ihre Tränen fließen. Laura legte den Arm um ihre Schulter und drückte sie an sich, sie fühlte die Verzweiflung. Ihre Mutter hatte sie in der schwierigen Zeit, als ihre eigene Tochter noch ganz klein war, bestmöglich unterstützt, sie wollte ihr etwas zurückgeben, auch wenn sie noch damit haderte, dass sie ihr nicht geglaubt hatte. Laura versuchte ihr ein wenig über Ben zu erzählen, stieß damit jedoch auf wenig Interesse. Gegen Mittag rief Laura die beste Freundin ihrer Mutter an und bat sie, ihrer Mutter Gesellschaft zu leisten. Lauras Spannung legte sich langsam, ihre Mutter befand sich in guten Händen, die vorletzte Hürde war genommen, jetzt konnte sie sich um ihren Bruder kümmern.

Ben rief gegen zwei an, er wolle sich in einer Stunde mit Karin treffen. Laura erwartete ihn vor der Haustür, denn sie wollte ihn noch nicht mit hineinnehmen. „Das wäre zu früh", dachte sie, „Mutter braucht noch Zeit."

„Hallo Laura", begrüßte Ben sie aus dem offenen Fenster seines Wagens. „Hi Ben, bereit?", gab Laura

zurück und erkannte den alten Käfer wieder, mit dem Ben sie ins Spital gefahren hatte. „Es war alles bereits ausgesprochen zwischen meinen Eltern", erzählte sie während der Fahrt. „Offenbar hat das Aufeinandertreffen meines Vaters mit deiner Mutter ihn dazu gebracht, reinen Tisch zu machen. Es ist noch lange nicht alles geklärt, aber mein Vater hat meiner Mutter alles gestanden, ich musste gar nichts tun."
Ben sagte nichts dazu, für ihn war das eine Sache von Lauras Eltern, seine große Herausforderung stand noch vor ihm. In Gedanken hatte er sich zwar mit seinem wirklichen Vater auseinandergesetzt, aber er verspürte momentan kein Bedürfnis, mit ihm zu sprechen. Er war sichtlich angespannt, Laura sah seine roten Wangen, und als er die Hände vom Lenkrad nahm, bemerkte sie ein leichtes Zittern. Ben schaffte es kaum, an der Tür zu klingeln, so aufgeregt war er.
Karin war erstaunt, als Laura und Ben vor ihrer Tür standen, und blickte beide fragend an. Ben gab ihr einen Kuss und sagte mit rauer Stimme: „Hallo Karin, ich muss dir eine Geschichte erzählen, können wir uns bitte drinnen unterhalten."
„Hallo Karin", sagte Laura und umarmte die Freundin herzlich.
„Hallo ihr zwei, mit euch habe ich jetzt nicht gerechnet, aber lasst uns reingehen." Sie setzten sich auf die Terrasse, Karin brachte einen Krug Wasser und Ben begann zu erzählen: „Ich, ich …", stotterte er, „habe

dir nicht alles über mich erzählt. Manches habe ich bis vor ein paar Tagen, ja sogar Stunden selbst nicht gewusst. Du erinnerst dich sicher an unsere Schulzeit und das mit Laura. Ich bin der Ben aus der Unterstadt, der damals von der Schule verwiesen wurde, weil mir die versuchte Vergewaltigung an Laura vorgeworfen wurde." Ben holte tief Luft, die Zeit genügte, um Karins Emotionen freien Lauf zu lassen. Sie hasste Überraschungen und vor allem konnte sie es nicht leiden, wenn man ihr nicht die Wahrheit sagte. Laura wusste das, daher kam Karins Reaktion für sie nicht unerwartet, Bens Mund stand hingegen offen, als Karins Augen riesengroß wurden und ihre Wangen feuerrot. „Ja, ich erinnere mich und ich kann das einfach nicht glauben", schrie sie und sprang auf. „Du?"
„Karin, bitte lass Ben fertig erzählen, er war es nicht, du kennst die Wahrheit und ich vertraue ihm", versuchte Laura die Situation zu beruhigen.
„Ich ging damals weg aus der Stadt, studierte und machte mich selbstständig. Die Firma, der du den Schrottplatz vermittelt hast, ist meine. Für diese Firma suchte ich noch Personal, Laura bewarb sich bei mir. Laura und ich haben uns all die Jahre immer wieder getroffen, aber wir haben nicht zueinander gefunden. Jetzt plötzlich ist alles anders geworden, Laura ist meine …" Weiter kam Ben nicht, Karin sprang erneut auf, schmiss den Sessel um und rannte schreiend ins Haus. Laura reagierte schneller als Ben und lief ihr

nach. Ben war verzweifelt, er hatte lange über die richtigen Worte nachgedacht und war dennoch gescheitert. Karin lief hinauf in den ersten Stock ihres Hauses und sperrte sich im Bad ein, ihr Heulen drang durch die Tür: „Laura, du elende Verräterin, jetzt spannst du mir meinen Freund aus, ich hab dir immer geholfen, verzieh dich aus meinem Haus, du Schlange." Laura wandte sich Ben zu und schüttelte den Kopf: „Ein Gefühl für die richtigen Worte hat offen gestanden noch nie zu deinen Stärken gehört, jetzt weiß ich auch, warum es so lange gedauert hat, bis wir uns gefunden haben." Laura musste fast lachen, wenn nicht ihre beste Freundin heulend im Bad gesessen hätte. So verhielt sie sich ruhig, gab Ben ein Zeichen, ebenfalls leise zu sein, und wartete, bis der Hagel von Vorwürfen sich gelegt hatte. Sie hörte Karin weiter hinter der Tür wimmern und schluchzen. Ben stand fragend an der Treppe, als Laura laut durch die Tür schrie: „Er ist mein Bruder, Karin, nicht mein Freund!" Da keine Reaktion aus dem Bad kam, wiederholte sie ihre Worte noch zweimal.

Das Wimmern verstummte plötzlich, die Tür wurde aufgerissen. Karin wandte sich an Laura, „Was sagst du da, er ist dein Bruder? Wirklich?" Das kurze „Ja" von Laura genügte und Karin sprang die Treppe hinab und fiel Ben um den Hals, bedeckte sein Gesicht mit Küssen. „Verzeih mir", hauchte sie Ben ins Ohr,

„aber warum hast du das nicht gleich gesagt?" Laura lächelte.

Der Tanz (Paso doble)
V 1.0, Juni 2014, aus dem Nichts entstanden

Das Thema des Tanzes, sehr gefährlich
Ein echter Stierkampf, gut und ehrlich
Im Gleichschritt übers Parkett geglitten
Harmonisch, elegant, in kleinen Schritten
Das Lächeln des Paares, die Richter verzückt
Das Publikum in Ekstase, begeistert, verrückt
Es kam, was keiner wollte
Beim Paso doble eine Revolte
Die Schritte, ungeordnet, total versaut
Die Tänzer, unglaublich, hat's hingehaut
Das Publikum in Stille, entsetzt
Ein Glück, dass niemand arg verletzt
Es gab keine Punkte für Weite und Flug
Sie waren einfach nicht gut genug

Die Prüfung

V 1.0, Februar 2014, für meinen Freund GP

Der einsame Mittvierziger sucht schon seit längerer Zeit den Markt nach dem weiblichen Objekt der Begierde ab. Grundsätzlich ist er dem weiblichen Geschlecht nicht abgeneigt, doch legt er aufgrund seiner langjährigen Erfahrungen im Umgang mit Ehen, Kindern und Scheidungen jedem Projekt ein selbstdefiniertes Auswahlverfahren zu Grunde. Das ungewöhnliche Verfahren beginnt mit einer genau definierten Sondierungsphase. Dabei verlässt er sich nicht nur auf soziale Medien und Partnervermittlungsagenturen, sondern wählt auch oft den klassischen Weg der einfachen Ansprache an der Bar seines Vertrauens. Ist die Auswahl einmal getroffen, beginnt die erste Phase des Prüfungsverfahrens, das Aufnahmegespräch.
Bei diesen Gesprächen gibt es verschiedene Startszenarien, die sich aus der Art und Weise der Findung, dem Ort des ersten Treffens oder dem Zufall ableiten. Die Suche spielt sich immer im Bereich der Singles mit Niveau ab, so dass niemand außer Prinzessinnen es je in die engere Wahl schafft. Der moderne Ansatz der Partnervermittlung startet meist mit ein paar E-Mails und geht danach langsam in lockere SMS über. Anschließend kommt es zu einem Treffen, bei dem der erste wirkliche Selektionsschritt gesetzt wird. Die Details des Fahrgestells der Auserwählten werden

nämlich erst zu diesem Zeitpunkt wirklich sichtbar, da die bis dahin erkennbaren Teile der Bekanntschaft fast ausschließlich auf Gesichtsfotos beruhen, die mit mehr oder weniger Geschick für den Computergebrauch optimiert wurden. Die anfangs beschriebene Altersgruppe reduziert grundsätzlich die Gefahr von Botoxintervention oder anderen Optimierungsmaßnahmen, schließt sie jedoch nicht ganz aus. Ausnahme hierbei ist die zufällige Ansprache in der heilen Welt der Singles oder Quasisingles, da die sofort einen optischen Gesamteindruck vermittelt, ohne jedoch ins Detail zu gehen. In dieser Begutachtungsphase kommt es zu den größten Drop-out-Raten, wenn man die nicht bearbeiteten Onlineauswertungen außer Acht lässt. Da der Suchende sehr hohe Qualitätsansprüche stellt, jedoch davon überzeugt ist, selbst nicht besonders heikel zu sein, scheitern viele vielversprechende Kandidatinnen an dieser Hürde. Die Anforderungen des Werbers an das so genannte Fahrgestell der Werberin sind grundsätzlich nicht normiert, doch folgen sie einfachen Regeln: nicht zu viel an den Hüften, auch nicht zu blond, aber lange Beine und doch ein bisserl mehr sportlich, aber nicht zu viel. Die Neue bekommt im Gegenzug viel Beziehung in Form von Selbstgekochtem auf hohem Niveau, gepaart mit einem Schuss Romantik im Kerzenschein auf der abendlichen Terrasse und einen Mann fürs Feine.

Die SMS werden mit liebevollen, Sehnsucht erzeugenden Worten gespickt und kommen zuweilen mehrmals am Tag. Diese häufigen Liebesbezeugungen darf die Dame der Wahl schon aushalten, da ja viele Handyverträge nicht umsonst 1000 oder mehr SMS beinhalten, Alternativen wie WhatsApp werden ebenfalls vom Werbenden unterstützt. Ist die Zeit des Kennenlernens erst einmal vorüber, wobei nicht auszuschließen ist, dass die Durchlaufzeit dieses ersten Schrittes auch nur wenige Minuten dauert, folgt der zweite Schritt der Prüfung, die Aufnahmecouch.

Dieser Verfahrensabschnitt folgt dem ersten meist zeitnah, jedoch ist eine Sitzung auf der Couch ohne Aufnahmegespräch undenkbar und im Allgemeinen nicht zulässig. Es kann sich nur durch einen außergewöhnlichen Zufall ergeben, dass das Aufnahmegespräch auf der Bewerbungscouch stattfindet. Die Damen, die es bis hierher geschafft haben, dürfen ein weiches, romantisches, virtuelles Möbel erwarten, auf dem schon so manche Körperflüssigkeit getauscht wurde. Die Virtualität ergibt sich aus den zärtlichen Liebkosungen des Suchenden und dieser romantische Ort kann überall sein: Mal steht die Couch am Aussichtsturm, mal im Wald oder auch ganz banal im eigenen oder fremden Heim. Da dieser Prüfungsabschnitt der schwerste ist, sind hier im Gegensatz zum ersten Wiederholungen zulässig. Es gibt auch kein Limit, das die Anzahl der Versuche begrenzt. Ausgelöst durch Zeitmangel kann es in dieser Phase zu einem hohen Aufkommen an Couchereignissen kommen, die meist durch leichten Sport ausgeglichen werden. Jedenfalls entstehen – erschöpfungsbedingt – Pausen im Suchprozess, wenn es nach solch einem Stakkato an Prüfungswiederholungen ein Drop-out gibt. Sollte eine der Angebeteten diese schwierige Phase der Prüfung bestehen, folgt der letzte und schwerste Teil: das Leben im gemeinsamen Haushalt. Eines sei gleich vorweggenommen: Diejenigen, die es bis hierher schaffen, haben keine gute statistische Prognose. Es waren ohnehin nur eine Handvoll Frauen, die sich in den letzten Jahren durch die ersten zwei Stufen der Prüfung durchgeschlagen haben, aber keine hat es geschafft, den dritten Teil zu bestehen. Fairerweise muss angeführt werden, dass es für diesen Abschnitt einfach keine Regeln gibt. Es erwartet die Frau ein selbstständiger Mann, der seine Freiheit liebt und dennoch eine Beziehung leben kann und will. Was auch immer geschieht in dieser Phase der Prüfung, es bleibt ein Geheimnis, da sie sich jeglicher Transparenz entzieht. Ist das Vorgehen am Anfang noch leicht zu durchschauen, so nimmt es mit der Zeit an Komplexität zu. Vielleicht ist aber gerade diese Komplexität die Ursache für die andauernde Erfolglosigkeit unseres Mittvierzigers, vielleicht ist aber auch die scheinbare Erfolglosigkeit der wirkliche Gewinn für beide Seiten. Es erklärt möglicherweise auch die vielen lächelnden Nichtabsolventinnen, die durch das Nichtbestehen der Prüfung das wunderbare Gefühl haben, doch etwas bestanden zu haben.

OPFL

V 1.0, September 2014, auf Einladung von CMP

Wohin
Suche
Den Sinn
Ordnung

Wann dann
Mir graut
Irgendwann
Pflicht

Sie ruft
Gut tut
Der Duft
Freiheit

Was ist
Morgen
Du bist
Leben

Mord-Seele-Trilogie

Blattschuss

V 1.1, April bis August 2014

Der Tod war plötzlich gekommen, unerwartet. Die Frau konnte nicht viel gemerkt haben, ein kleiner Blob und ihr Kopf war explodiert. Sie lag in einer Blutlache am Rand des Weges, ihr Kopf hing in den Straßengraben. Das war gut für die Straßenreinigung, schlecht für die Spurensicherung, die sich mühsam durch die Aufnahme des Tatorts arbeitete. Gefunden wurde die Tote von einem Radfahrer, der am Weg von der Arbeit nach Hause war.

Kommissar Fuhrmann war nicht begeistert über die Leiche, nicht weil er Probleme mit Toten hatte, sondern weil er seinen Abend gefährdet sah. Er hatte endlich einmal frei genommen und würde sich nach langer Zeit wieder einmal mit einer Frau treffen. Nach seiner Scheidung hatte er lange daheim herumgehangen, war kaum ausgegangen. Aber in den zurückliegenden Monaten hatte er begonnen, im Internet mehr oder weniger anonym Bekanntschaften zu suchen. Mit fünfunddreißig in der Einsamkeit veröden, dass wollte er nicht. Dazu brauchte er aber psychologische Hilfe. Es war ein erster Schritt aus der Einsamkeit, diese Hilfe zu akzeptieren.

Heute war es so weit, heute wollte er den ersten Schritt tun. Deshalb kam die Tote ungelegen. Es war die erste Leiche seit Wochen, die erste in diesem Jahr, die nicht eines natürlichen Todes gestorben war.
„Abend …", ließ Fuhrmann vernehmen. „Servus, Kommissar", grüßte der kniende Gerichtsmediziner. „Nau?" „Nau was?" „Geh, bitte, Todeszeitpunkt, Todesart, weißt schon …" „Kugel, gegen Mittag, mehr oder weniger, den Rest bei Obduktionsbefund." „Mehr hast du nicht?" „Wie schaut's denn aus?"
Fuhrmann betrachtete die Leiche, erstaunlich adrett gekleidet für diese Umgebung. „Was macht so eine Frau in dieser armseligen Gegend?", dachte er. Fuhrmann blickte sich um, das Meer in der Bucht spiegelte die Berge vom gegenüberliegenden Ufer. Die Gedanken ratterten nur so durch seinen Kopf. Das Ufer war vielleicht dreißig, vierzig Meter entfernt, keine Menschenseele am Wasser zu sehen, in die andere Richtung nur dichter Wald, fast undurchdringlich. Dass der Schuss aus dem Wald gekommen war, erschien ihm fast unmöglich. Das Fischerdorf im Hintergrund war für einen gezielten Schuss zu weit entfernt. Er versuchte sich die komplette Umgebung einzuprägen, ein genaues Bild des Tatorts in seinem Hirn zu speichern. Was er sah, war grundsätzlich wunderschön, nur die Leiche trübte die Idylle. Die Bucht war bekannt für ihr zeitweise ruhiges, glattes Wasser, aber auch für ihren hohen Tidenhub. Das Wasser war bei

Ebbe ganz schön weit vom Ufer entfernt, der Hafen im Dorf hatte extra ein kleines Staubecken, sonst würden die Boote auf Grund sitzen. „War das überhaupt der Tatort?", durchzuckte es Fuhrmann. „Ausweis", fiel ihm ein, heute war er komplett unausgeglichen, geradezu verwirrt. Er wusste noch nicht einmal, wer die Tote war? Schließlich nahm er die Kollegen doch wahr, langsam ging er auf sie zu.
Die Polizisten erwarteten ihn schon, sie wussten, dass man Fuhrmann an einem Tatort nicht ansprechen durfte, deswegen verhielten sie sich alle still.
„Was habt's?", entfuhr es Fuhrmann gereizt. „Anna Laaber, fast 27 Jahre, hat noch einen Studentenausweis", sagte Koller, sein Kollege bei der Mordkommission, und reichte ihm den Ausweis. Blass betrachtete Fuhrmann das Bild, in seinem Innersten rumorte es plötzlich. Sie war sein Date!
Beide hatten sich auf einer Partnerbörse im Internet entdeckt, am Abend wäre ihr erstes Treffen gewesen. Der Kommissar schwieg, er hatte die Tote bis jetzt nur von hinten betrachtet, zweifellos war sie eine schöne Frau. Was mag da passiert sein? Irgendwie wirkte er planloser als sonst. Sollte er seine Kollegen informieren? Fuhrmanns Gedanken rotierten: Sein Privatleben preisgeben? „Auf gar keinen Fall!", beschloss er für den Moment.
Koller war über das Schweigen seines Chefs nicht verwundert, eher über dessen ausdruckslosen Blick.

„Egal", dachte er und begann zu erzählen, was sie alles gefunden hatten: „Sie hatte ein Handy, einen Schlüsselbund, eine Handtasche und einen Trolley. Im Trolley Dessous, kleines Schwarzes, Waschzeug, Kondome, Handschellen aus Plüsch, Handtuch, Schuhe mit hohem Absatz. Vielleicht eine Dame aus dem horizontalen Gewerbe ohne Lizenz, jedenfalls war kein Ausweis oder dergleichen in ihrer Handtasche. Das Handy wird noch ausgewertet, es ist auf dem Weg ins Labor. Ach ja, kein Hotel- oder Pensionsschlüssel. Sie hat auch nicht im Dorf eingecheckt, ich hab das schon telefonisch überprüft."
Fuhrmann wurde schwarz vor Augen „Dessous, Kondome, oho, was wäre das geworden …" In seinem Kopf drehte es sich, Schwindel stieg auf. Sein Gesichtsausdruck wurde immer verbitterter, er holte tief Luft, versuchte etwas zu sagen, aber der Kloß in seiner Kehle machte ihm das Sprechen unmöglich. Er lehnte sich mit dem Rücken an einen Baum, sein Blick schweifte in die Ferne, er sah Richtung Dorf. Jetzt fiel es ihm erst ein: Im Dorfpub hatte er sich mit ihr treffen wollen, sie war schon früher gekommen. „Wieso da, am Güterweg? War sie spazieren?"
„Sonst noch was?", grummelte er schließlich.
„Ist was mit dir, du kommst mir so abwesend vor?", fragte Koller besorgt.

„Na, na, alles klar! Mir geht nur nicht ein, warum da … Egal, wir werden es schon herausfinden. Fahren wir."

Gesagt, getan, gemeinsam fuhren Koller und Fuhrmann in die Stadt zum Kommissariat, die dreißig Minuten Fahrt verbrachten sie schweigend. Im Büro angekommen begannen sie mit den üblichen Formalitäten, wie Akte anlegen, Konferenzraum herrichten und die Computer abfragen nach irgendwelchen Hinweisen zur Person.

Anna Laaber war tatsächlich Studentin gewesen, allerdings berufsbegleitend. Sie arbeitete als Grafikerin in einer kleinen Werbeagentur, war nicht verheiratet. Sie wohnte in einem Randbezirk der Hauptstadt, kam aus gutem Haus und war nicht polizeibekannt, zumindest sahen es die Computer so.

„Sie muss den Morgenbus genommen haben oder Autostopp gefahren sein", sagte Koller zu Fuhrmann, „es ist kein Auto auf sie registriert. Der Bus kommt knapp vor elf Uhr in das Fischerdorf, ein Spaziergang bis zum Fundort wäre leicht möglich gewesen."

Fuhrmann überlegte: Ihr Treffpunkt war halb sieben am Fischerhafen, um halb acht hatte er einen Tisch reserviert, ups, den musste er gleich abbestellen. Warum war sie eigentlich so früh da? Der Bus!"

„Wie oft fahren die Busse am Tag? Hatte die Laaber einen Führerschein?", rief er erregt. „Bleib ruhig, Kol-

lege, zweimal am Tag, vormittags und abends, 18:45 im Dorf. Nein, keinen Führerschein."
„Ich geh nach Hause, heute können wir eh nichts mehr tun", gab Fuhrmann gedrückt von sich, als er seine Jacke schnappte. Er musste nachdenken. Zu Hause setzte er sich vor den Computer, loggte sich in die Partnerbörse ein und stöberte im Profil der Toten nach Hinweisen. Sie war seit drei Jahren in dieser Börse, die Fotos zeigten eine sportliche, junge Frau mit guten Körperproportionen. „Warum war so ein schöner Mensch allein? Was trieb sie so? Wieso Handschellen? Bist du eine Hure, eine Nymphomanin oder einfach nur einsam?", ging es Fuhrmann durch den Kopf. Er dachte an sein nicht vorhandenes Sexleben, an seine Beziehungen und an seine kinderlose Ex-Ehe. Im Nachhinein betrachtet war es für ihn die große Liebe gewesen, für seine Ex-Frau eine rein sexuelle Beziehung. Solange er sie befriedigen konnte, schien für beide alles gut. Die Angst, wieder enttäuscht zu werden, nicht geliebt zu werden, galt für ihn als Hauptgrund für den Rückzug in die selbst gewählte Einsamkeit, das hatte er gemeinsam mit seiner Psychologin erarbeitet. „Hatte er sich für sein erstes Date schon wieder eine Sexdiva ausgesucht?" Fuhrmann war verzweifelt, jetzt mischte sein persönliches Problem auch noch im Berufsleben mit.
Er ging zeitig zu Bett, musste früh raus am nächsten Morgen, sie wollten in die Hauptstadt fahren, die

Wohnung des Opfers ansehen, die Kolleginnen in der Werbeagentur und ihre Studentenfreunde befragen. Er lag noch lange wach und starrte dabei auf die Zimmerdecke, zu vieles ging ihm durch den Kopf.

Am nächsten Morgen fuhren Koller und Fuhrmann in die Stadt zur Wohnung der Toten, ein Treffen mit ihren Eltern hatten sie ebenfalls gleich vereinbart. Sie wurden bereits erwartet und nach den üblichen Beileidswünschen – Fuhrmann war jedes Mal berührt in solchen Momenten – gingen sie gemeinsam in die Wohnung. Die zeigte sich unspektakulär eingerichtet, alles deutete auf eine normale Studentin: Jeans, Pullover, Sommerkleider. Ein Kasten ließ dann aber alle erstarren: Peitschen, Gerte, Dildos, diverses Sexspielzeug, Dessous aus Lack und Leder. Kommissar Fuhrmann ekelte sich vor der Frage, aber er musste sie stellen: „War Ihre Tochter eine Prostituierte?" Laabers Mutter begann zu heulen, ihr Vater bekam einen verärgerten Gesichtsausdruck: „Was fällt Ihnen ein?", sagte er laut, nach einer kurzen Pause fügte er leise hinzu: „Wir haben auch so einen, äh … Kasten." Koller grinste, Fuhrmann wusste nicht, was er antworten sollte, sozusagen genetisch vererbtes Sadomaso. Das konnte er sich nicht vorstellen, seine Ex liebte das aber genauso. Am Anfang war's ja noch lustig, aber die Schläge, die sie verlangte, waren im Laufe der Zeit immer härter geworden, er hasste es, er wollte keine Schmerzen bereiten. Die Polizisten nahmen den

Computer mit ins Labor, im Nachtkästchen fanden sie noch ein relativ dickes Tagebuch.

Danach begaben sich die Kommissare zur Uni, wo sie jedoch nicht viel Erfolg hatten, Laaber hatte wenig Kontakt zu den Kollegen ihres Jahrgangs gehabt, da sie nebenbei viel arbeiten musste, wie eine der Studentinnen erzählte. In der Werbeagentur schien die Tote sehr beliebt, einmal die Woche gingen alle gemeinsam auf eine After-Work-Party, Laaber war angeblich immer dabei gewesen. Ihre Arbeitskollegen erzählten, dass das Opfer am Wochenende immer lernen wollte und es offenbar auch getan hatte, denn sie erwarteten für dieses Semester den Abschluss des Studiums ihrer Kollegin.

Danach fuhren sie eher schweigend zurück, Fuhrmann konnte kein Bild erkennen, kein Motiv, einfach nichts, vielleicht ein enttäuschter Freier. Er wollte unbedingt dieses Tagebuch lesen, deshalb fertigte er sofort nach der Ankunft Kopien der Seiten an, das Buch selbst durfte er nicht aus dem Kommissariat mitnehmen. Er setzte sich in sein Café am Hauptplatz und begann zu lesen.

Annas Schrift war auf den Kopien gut lesbar, der letzte Eintrag stammte vom Tag zuvor, Fuhrmanns Herz blieb stehen, als er von seinem eigenen Date las: „Morgen treffe ich mich das erste Mal seit langem wieder mit einem Mann, mir gehen die Schläge von Mary langsam auf die Nerven, immer mehr Schmer-

zen muss ich ihr bereiten, bevor ich bekomme, was ich will. Ihre Liebkosungen, ihre Zärtlichkeiten waren eine Wohltat, das langsame Führen zum Orgasmus … aber es wurde zunehmend schwieriger, die Striemen, die meine Schläge hinterließen, zu übersehen. Sie verlangte so Heftiges, dass an manchen Stellen ihre Haut aufplatzte. Ich muss das beenden, ich mag es nicht mehr, ich hasse es."
Fuhrmann hielt den Atem an, ihm kam das alles so bekannt vor, als hätte er es selbst geschrieben. War das vielleicht das Motiv? Er blätterte durch das Tagebuch, hielt inne, als ihm der Name Mary ins Auge sprang. Der Eintrag lag ungefähr zweieinhalb Jahre zurück. „Mary und ich mussten heute Überstunden machen, wir waren wegen eines Projekts länger im Büro. Beim Kopierer fasste mir Mary plötzlich unter den Rock und strich über meine Pobacke „Ich hab dir etwas mitgebracht", hauchte sie mir ins Ohr, „du musst es gleich anziehen", und drückte mir ein Paket in die Hand, es waren ein Strapsgürtel, ein String und ein winziges Ding von einem BH darin. Ich war neugierig und sehnte mich nach Berührung, also zog ich es an und kam mir dabei wie eine Hure vor, allerdings war es irgendwie auch sehr erotisch, meine Brustwarzen waren nicht zu beruhigen, standen permanent, sodass es fast schon schmerzte …" Fuhrmann war so gefesselt von dem Eintrag, dass er das Wichtigste fast übersah. „Mary ist eine Arbeitskollegin", durchfuhr es

ihn, er schrieb diese Erkenntnis in sein Notizbuch, er wusste auch, wer das war, nämlich die Leiterin der Agentur. Der Kommissar analysierte das Tagebuch und fand heraus, dass Anna Laaber meist für eine ganze Woche, manchmal auch einzelne Tage geschrieben hatte. Der erste Eintrag war dem Datum nach kurz nach ihrem sechzehnten Geburtstag erfolgt: „Heute hatte ich das erste Mal Sex mit einem Mann, so denke ich zumindest, mit meinem Vater." Fuhrmann erstarrte. „Er erwischte mich am Nachmittag in meinem Zimmer, als ich mit dem Dildo meiner Schulfreundin probierte, ich war schon ziemlich erregt, knapp vorm Orgasmus, als er in mein Zimmer stürmte, sich die Hose vom Leib riss und in mich eindrang. Es tat nur kurz weh, ich kam relativ schnell, er wenig später, ich fühlte seine Flüssigkeit in mir, zumindest glaube ich das, danach sprang er auf, schrie mich an, wenn ich was sagen würde, würde er mich schlagen, und gab mir eine Ohrfeige. Ich begann zu weinen. PS: Ich schreibe diese Zeilen erst ein halbes Jahr nach dem Vorfall."

Fuhrmann war wie in Schockstarre, er ignorierte den Kellner, der ihn zum wiederholten Mal fragte, ob er noch Wünsche hätte, er hörte sein Telefon nicht, das neben ihm läutete, er sah nicht die Menschen, die ihn anstarrten, er war ganz betäubt. Hastig blätterte er durch die nächsten Seiten und fand bald, was er erwartet hatte: „Mein Vater war wieder da, kurz nach dem Mittagessen, er hat ja jeden Nachmittag frei, diesmal tat es mehr weh, vor allem weil ich ganz trocken war, aber er hatte kein Erbarmen, es dauerte länger, bis ich zum Orgasmus kam, trotz allem empfand ich leider Befriedigung, ich fühlte mich gut und mein Vater spürte das, er lächelte verschmitzt: ‚Du wirst mich nicht verraten, du hast Freude daran.' Er hatte recht." Fuhrmann war zunehmend schockiert, sein Mund war schon ganz trocken. Plötzlich rüttelte ihn jemand an der Schulter: „Ihr Handy läutet jetzt das zehnte Mal, heben's ab oder drehen's ab", brummte ein dicker Mann ärgerlich. „Konsumieren müssen's auch was, das Café ist kein Warthäuschen", hängte der Kellner an. Fuhrmann betrachtete die beiden mit einem verständnislosen Blick, bestellte noch mürrisch einen Kaffee, diesmal mit Schuss, den brauchte er jetzt, und drehte das Handy auf lautlos.

Der Ermittler blätterte weiter, er musste alles wissen, er entdeckte einen Eintrag ungefähr ein Jahr nach dem ersten: „Mein Vater kommt jetzt fast jeden Tag zu mir, ich trage nur mehr Röcke, die Hosen sind zu umständlich, es muss ja alles immer ganz schnell gehen. Meine Slips ziehe ich aus, wenn ich nach der Schule nach Hause komme, die letzten hat er mir einfach zerrissen. Wenn ich zu trocken bin, reibe ich mich vorher mit einem Gleitgel ein, das hilft. Leider freue ich mich fast jeden Tag auf den Orgasmus, wenn er ein-, zweimal keine Zeit hat, bin ich richtig gierig danach, ich weiß nicht, was ich tun soll. Ich bin hin- und hergerissen zwischen dem Ekel und der Befriedigung."

„Armes Mädchen!", dachte der Kommissar, die Geschichte zog sich bis zu ihrem dreiundzwanzigsten Geburtstag. „Ich ziehe aus, ich kann meinen Vater nicht mehr ertragen, ich brauche Abstand. Zwei Männer sind zu viel, Walter ist ein echter Gentleman, macht es mit mehr Liebe und Zärtlichkeit, versucht mich zu verführen. Er lehrte mich zu warten, ein Vorspiel, nicht nur zack, bum, rein, raus, fort, wie Papa."
Dem Tagebuch nach war sie mit Walter zusammen in ihre jetzige Wohnung gezogen, ihr Vater hatte in dieser Zeit offenbar von ihr abgelassen. Sie lebte eineinhalb Jahre mit diesem Walter zusammen, denn Fuhrmann entdeckte folgenden Eintrag: „Walter zieht aus, er ist mir auf die Schliche gekommen und hat mein Verhältnis zu Mary entdeckt. Dabei war das anfänglich nur ein Seitensprung, aber mir gefiel es durchwegs mit einer Frau und ich brauche auch den Job in der Agentur, damit ich mein Studium durchziehen kann. Mary weiß das und nutzt es wahrscheinlich aus, ich bin mir nicht sicher. Ich muss in eine Therapie, mein Verhalten gleicht einem Krankheitsmuster, wie ich es im Internet gefunden habe."
Wieder Mary! „Erpressung?", notierte Fuhrmann geistesabwesend, denn die Geschichte mit Annas Vater ließ ihn nicht los. Er blätterte weiter: „Heute

war ich das erste Mal bei meiner Psychologin und ich habe offen über meine Sexsucht gesprochen. Sie hat mich beglückwünscht, dass ich es geschafft habe, mich meiner Krankheit zu stellen." Fuhrmann verließ rasch die Seiten, die die Therapie behandelten. Wenig später las er: „Mein Vater kommt wieder, zweimal die Woche, seit Walter weg ist, gleiches Ritual, Hose runter, rein, raus, fort. Es tut zwar gut, einen Orgasmus zu haben, aber es geht mir mehr auf die Nerven." Ein Monat vor dem Mord fand er folgenden Eintrag: „Jetzt ist Schluss, ich habe meinen Vater aufgenommen auf Video und ich habe mich gewehrt, es hat mir außer Schmerzen nichts gebracht, er hat mich vergewaltigt. Meine Psychologin war entsetzt nach unserer Sitzung heute, sie riet mir, zur Polizei zu gehen. Ich werde es einmal familienintern versuchen, denke ich."
„Jetzt hab ich dich, du Mistkerl", schrie Fuhrmann, die Gäste im Lokal schauten entsetzt auf. „Entschuldigung", murmelte er und versuchte den kalten Kaffee zu trinken. „Eklig", durchfuhr es ihn, „sowohl der Kaffee als auch die Geschichte", und er notierte „Psychologin?" in sein Notizbuch. Er suchte den Tagebucheintrag, wo Anna ihrem Vater das Video zeigt, und fand ihn eine Woche später: „Vater war außer sich vor Wut, Gott sei Dank habe ich meinen Laptop in das Schließfach bei der Bank gebracht, er hätte ihn sonst zerstört, so wie er mein Handy zerstört hat, nachdem ich ihm den Film gezeigt habe. Ich sagte

ihm, wenn er sich noch einmal blicken lässt, schicke ich den Film zur Polizei, er schrie mich an, nannte mich eine Hure und verließ türknallend die Wohnung. Erleichterung macht sich breit, ich bin bereit für einen Neuanfang, wenn das Studium fertig ist, beende ich auch die Sache mit Mary."

„Schade", dachte Fuhrmann und träumte von seinem verpassten Date mit Anna. Ich hätte sie gerne kennengelernt." Zufrieden als Kommissar, er hatte zwei mögliche Motive mit dringend Tatverdächtigen, enttäuscht als Mensch, die Leiden der Anna Laaber gingen ihm unter die Haut. Jetzt erst schaute er auf sein Handy, und wirklich: Koller hatte mehr als zehnmal versucht, ihn zu erreichen, er wählte sogleich die Nummer des Kollegen: „Was gibt's? Sorry, ich habe das Tagebuch gelesen und einiges entdeckt. Wir müssen morgen sofort zurück in die Hauptstadt, heute ist es schon zu spät."

„Ich wusste nicht, wo du bist, hab dich einfach gesucht, bis jetzt nichts Neues, morgen kommt der Obduktionsbericht, bis dann", antwortet Koller und legte auf.

Am nächsten Morgen warteten sie noch auf den Obduktionsbericht, bevor sie losfuhren. Da es länger dauerte als erwartet, nahmen sie den Bericht mit ins Auto, um ihn später zu lesen. Sie beschlossen während der Fahrt, mit der Agentur zu beginnen, Fuhrmann erzählte Koller alles, was er in Annas Tagebuch

gefunden hatte. Koller schwieg dazu, schüttelte nur ungläubig den Kopf. „Vielleicht finden wir den Namen der Psychologin und den Film am Laptop des Opfers", schloss Fuhrmann seinen Monolog, sie waren angekommen.
Maria Obler, die Chefin der Werbeagentur, empfing sie in ihrem ausladenden Büro. Fuhrmann entdeckte sofort die roten Streifen im Nacken, er wusste, worauf er achten musste, er kannte das Muster ja von seiner Ex. Nach einer kurzen Begrüßung begann Koller die Befragung auf die Tote zu lenken. „Ihrer Mitarbeiterliste nach sind sie die Einzige Maria hier. Stimmt das?", fragte Koller im strengen Verhörton. „Ja, warum?" „Wir wissen von Ihrem Verhältnis mit Anna Laaber, von den Liebkosungen, den Peitschen und noch mehr." Obler wurde blass, holte tief Luft, sprach sehr leise: „Ja, woher?" Die folgende Pause erschien Fuhrmann endlos, sein Körper verkrampfte sich immer mehr. „Das ist richtig, wir waren ein Paar, ich bin lesbisch, Anna hatte auch Männer, der letzte zog wegen mir aus, zumindest erzählte es Anna so. Woher wissen Sie von der Beziehung?" „Wussten sie, dass Anna sie verlassen wollte?" „Nein, warum auch, wir liebten uns." „Die Obler reagiert ziemlich geschockt!", dachte Fuhrmann. „Die glaubte an die Liebe." „Warum, woher haben Sie das, ich will das jetzt wissen, ich glaube Ihnen das nämlich nicht!" Obler wurde lauter. „Beruhigen Sie sich, Frau Obler, wo waren Sie gestern

zwischen elf und dreizehn Uhr?", fragte Koller nahezu emotionslos. „Jetzt macht er es wirklich gut, Koller bleibt immer ruhig und sachlich in solchen Momenten", sinnierte Fuhrmann, „aber er hat auch nicht die Tagebucheinträge gelesen!" „Ich war den ganzen Tag hier, wir hatten einen Workshop mit einem Kunden und einigen Mitarbeitern, die können Sie gerne fragen. Verdächtigen Sie mich etwa?" Die Kommissare schwiegen, sie befragten kurz noch die Kollegen, ließen sich die Kundendaten geben und machten sich nach einer sehr kurzen Verabschiedung auf den Weg zu den Eltern der Toten.

„Das war wohl nichts, die Obler scheidet ziemlich sicher aus!", bemerkte Koller am Weg zu den Laabers. „Da hast du leider recht, schauen wir, ob es jetzt besser läuft. Den Mistkerl lass ich verhaften!", redete sich Fuhrmann in Rage. Koller sagte nichts, er kannte seinen Chef.

Sie wurden freundlich empfangen, Koller lächelte, Fuhrmann konnte seinen Ärger nicht verbergen, sein Gesicht zeigte rote Flecken. Als sie am Esstisch Platz genommen hatten, überließ Fuhrmann seinem Kollegen das Sprechen, er war dazu nicht in der Lage, kalte Schauer liefen ihm über den Rücken. „Wie war das Verhältnis zu Ihrer Tochter?" „Gut", antwortete der Vater, „wir haben regelmäßig telefoniert, am Wochenende war sie manchmal zu Besuch." „Haben Sie Ihre Tochter auch in ihrer Wohnung besucht?" „Selten, ein-, zweimal im Jahr vielleicht." „Interessant, ich muss Sie jetzt etwas Unangenehmes fragen", mischte sich Fuhrmann ein, dem dieses Um-den-heißen-Brei-Herumreden auf die Nerven ging. „Hatten Sie ein sexuelles Verhältnis zu Ihrer Tochter, Herr Laaber?" Frau Laaber sprang auf: „Sind Sie wahnsinnig, das müssen wir uns von Ihnen nicht bieten lassen! Sag doch was, so red doch", den Blick auf ihren Mann gerichtet. Dessen Kopf färbte sich knallrot, aus traurigen Augen schaute er seine Frau an und stammelte ein leises „Petra, verzeih." „Nein, nein, nicht du, das kann nicht … bitte sag, dass das nicht wahr ist! Bitte", schluchzte Frau Laaber. Herr Laaber flüsterte nur: „Ersparen sie ihr Details, bitte." „Sie sind vorläufig festgenommen, wegen Vergewaltigung. Ach ja, wo waren Sie gestern zwischen elf und dreizehn Uhr, Herr Laaber?" „Gestern, zu Mittag, da waren wir im Gasthof Zur heiligen Kuh Mittag essen, das können Sie gerne überprüfen." Fuhrmann war enttäuscht, der zweite Verdächtige schien ebenfalls ein wasserdichtes Alibi zu haben. Er schlug mit der Faust auf den Tisch, alle sprangen auf vor Schreck. „Ruhig Blut, Fuhrmann, kommen Sie bitte mit, Herr Laaber", beruhigte Koller die Situation. Die Polizisten des Streifendienstes holten Herrn Laaber ab und brachten ihn aufs Revier, Fuhrmann setzte sich ins Auto und begann nachdenklich den Obduktionsbericht zu lesen.

„Interessant", murmelte er plötzlich, „laut Obduktionsbericht ist die Todesursache eine schwere Kopfverletzung durch den Stein, auf den sie gefallen ist, nachdem die Kugel im Kopf einschlug. Der Kopfschuss war offenbar nicht tödlich!" Koller sah ihn fragend an. „Da steht auch, die Laaber fiel auf ihr Gesicht, ihre Körperfront. Das heißt indirekt, dass der Schuss vom Meer oder Ufer her gekommen sein muss. Eine Gewehrkugel wurde dem Schädelknochen entnommen, keine Hirnverletzung, hinten wohlgemerkt, steht da. Was heißt das wieder? Ein Luftdruckgewehr? Wann kommt die Ballistik, Koller?" „Montag. Fahren wir heim, jetzt können wir nichts mehr machen, die Untersuchung von Computer und Handy wird auch am Wochenende fertig." „Gute Idee, Koller, fahren wir heim."

Das Wochenende war furchtbar für Fuhrmann, so bestürzt war er über die Erlebnisse und den Tod dieser jungen Frau. Es wäre bestimmt nett geworden mit ihr, er dachte an die Dessous im Koffer, ob die für ihn bestimmt waren? Er träumte davon, doch sobald er sich Anna in der Wäsche vorstellte, kamen seine Gedanken unweigerlich auf ihren Vater und auf ihre Sexsucht. Was hätte das für die Laaber und ihn bedeutet? Vielleicht war es auch Glück, dass sie sich nicht getroffen hatten, denn die Informationen, die er jetzt hatte, hätte er nie so von ihr bekommen. Fuhrmann brauchte das ganze Wochenende über sehr lange, bis er einschlief. Er konnte auch keinen neuen Versuch starten, keine neue Suche im Internet, kein neues Date, zu nahe gingen ihm die Dinge der zurückliegenden Woche. Mit seiner Psychologin plante er darüber zu sprechen, jetzt wo er begonnen hatte, musste es einfach mit ihm weitergehen. Sein Optimismus gewann die Oberhand. Am Montag Früh ließ er sich Zeit. Die Berichte erwarteten sie nicht vor zehn Uhr, darum frühstückte er ausgiebig und dachte an mögliche Motive und vor allem an den Abschussort der Kugel. „Wo in Gottes Namen stand der Schütze?"

Im Kommissariat wurde er bereits von der Sekretärin seines Chefs erwartet: „Herr Fuhrmann, der Chef möchte Sie sprechen, sofort!" Der Kommissar dachte sich nichts dabei, es war üblich, bei Mordfällen einen Status abzugeben, und in der zurückliegenden Woche hatten sie dafür keine Zeit mehr gefunden.

„Guten Morgen", grüßte Fuhrmann, Koller saß schon da. „Guten Morgen, Kollege Fuhrmann, setzen Sie sich", sagte sein Chef mit einem strengeren Ton als gewöhnlich. Fuhrmann, dem Beobachter, dem Zuhörer, fiel dieser Umstand sofort auf. „Wieso haben Sie nicht erzählt, dass Sie mit dem Opfer bekannt waren?", fuhr sein Chef fort. Fuhrmann wurde in der Sekunde blass, seine Geschichte hatte ihn eingeholt. „Wir haben Ihre Telefonnummer am Handy der Toten gefunden und am Computer Ihre Kommunikation. Reden's, aber glaubhaft, und sagen's uns, wo Sie

am Tag des Mordes zwischen elf und dreizehn Uhr waren." Fuhrmann stotterte, schließlich fing er sich und erzählte seine Geschichte, nur hatte er kein Alibi, zwar war er bis zehn bei der Psychologin gewesen, danach aber alleine daheim. An das Bügeln seiner Hemden konnte er sich genau erinnern, auch an das Aufräumen seines Hauses, schließlich hoffte er ja auf Damenbesuch. „Das ist leider ein bisserl dünn, was Sie uns da so erzählen, Fuhrmann, mir bleibt nichts anderes übrig, als Sie bis auf Weiteres zu suspendieren. Bleiben Sie im Ort. Dienstmarke, Waffe, bitte, Kollege Fuhrmann", ordnete sein Chef an. Fuhrmann war niedergeschlagen, kein Wort kam über seine Lippen. Schweigend reichte er seine Waffe und Dienstmarke Koller und verschwand grußlos.
Fuhrmann fühlte die Verzweiflung in sich hochsteigen. Seine Gedanken kreisten um sein nicht vorhandenes Privatleben und den jetzt auch noch verlorenen Job. Was war nur los mit ihm? Er sah sich schon als Kaufhausdetektiv durch die Shoppingcenter schleichen, auf der Jagd nach Taschendieben. Irgendetwas in seinem Innersten schickte ihn dann in das Fischerdorf in der Nähe des Tatortes, wenn schon nicht offiziell als Polizist, dann zumindest als Privatmann. Er schlenderte durch das Dorf, fand aber nichts, was ihn hätte aufheitern können, schließlich ließ er sich in einem kleinen Café am Hafen nieder und beobachtete das bunte Treiben. Menschen liefen zu den Fischer-

booten und kauften frische Fische, Kühlwägen wurden beladen, Touristen streiften umher. Sein Blick fiel auf das Schleusentor, das sich gerade für zwei Boote öffnete, die vom Fischfang zurückkamen. Der Kommissar blickte auf seine Armbanduhr, das letzte Geschenk seiner Frau: elf Uhr fünfundvierzig. Fuhrmann sprang auf, der Tisch flog um, sein Espresso spritzte durch die Gegend, der Kellner schimpfte. Fuhrmann riss einen Zehner aus seiner Geldtasche, warf ihn auf den Sessel und lief zum Schleusenwerter. Dieser saß in einem kleinen Turm und bediente von dort während der Flut die Schleuse. „Da gibt es ein Logbuch, der muss alles eintragen." Fuhrmanns Gedanken überschlugen sich. Er zog die Tür auf und steuerte schnurstracks auf den verdutzten Wärter zu. „Grüß Gott, ich bin Kommissar Fuhrmann, ich muss mit Ihnen reden. Wie Sie sicherlich wissen, wurde in der Nähe eine junge Frau getötet, ich muss wissen, welche Boote die Schleuse zwischen elf und dreizehn Uhr passiert haben, na sagen wir vierzehn Uhr oder besser bis Schleusenende." „Guten Tag, Herr Kommissar, ich kenne Sie, Sie und die Geschichte, ich habe die Leiche entdeckt. An diesem Tag hatte ich frei und war am Wanderweg Rad fahren." „Gut, umso besser, ja, jetzt erinnere ich mich an Sie. Haben's was für mich?" „Schauen wir mal, da haben wir den fraglichen Tag, ja eines zwölf Uhr achtundfünfzig. Der alte Fritzl, ich meine, Friedrich Mauerfang, Stellplatz siebenund-

zwanzig A, schauen's her, das ist dort drüben, sonst steht nichts ihm Buch, das war offenbar ein ruhiger Tag." Der Wärter zeigte durch das Fenster auf die andere Seite des Hafens. „Danke, ist Ihnen sonst noch etwas aufgefallen, ich meine hier als Schleusenwärter?" „Nein, gar nichts, wie gesagt, da müssten Sie meinen Kollegen fragen." „Ah, ja, danke", sagte Fuhrmann und lief hinüber zu dem besagten Boot.
Fuhrmann entdeckte sofort das Gewehr in der Kiste am Heck des Bootes sowie einen Haufen Werkzeug. Die Kiste stand weit offen, ein alter Mann reparierte gerade einen Krabbenkäfig. „Guten Morgen, Kommissar Fuhrmann mein Name, sind Sie Herr Mauerfang?" „Ja", entgegnete der alte Mann misstrauisch, seine Haut war vom Wetter gegerbt. Er verbrachte wahrscheinlich mehr Zeit seines Lebens auf dem Meer als am Festland. „An welchen Tagen sind Sie letzte Woche mit dem Boot draußen gewesen?" „Ich war jeden Tag in der Bucht und habe meine Käfige getauscht, warum fragen Sie?" „Schießen Sie da auch manchmal mit dem Gewehr da?" „Ja, ein paarmal ins Wasser. Letzte Woche habe ich es wieder ausprobiert." „Wie oft haben's da geschossen?" „So drei-, viermal wird es schon gewesen sein." „Aha", bemerkte der Kommissar, holte sein Telefon hervor und wählte Kollers Nummer, er war sich sicher, er hatte die Lösung des Falles gefunden.

Ein Stunde später war Koller mit Kollegen da, beschlagnahmte das Gewehr und nahm Mauerfang mit aufs Revier. Der alte Mann verstand das alles nicht, vor allem nicht den Zusammenhang mit dem Tod der jungen Frau am Weg in der Bucht. Die Ballistik brauchte nicht lange, um festzustellen, dass die Kugel zur Waffe des alten Fischers gehörte. Offenbar war ein Schuss auf der Wasseroberfläche abgeprallt und hatte die junge Frau in den Hinterkopf getroffen, die war so unglücklich gefallen, dass sie an den Folgen des Sturzes starb.

Fuhrmann bekam seine Marke wieder, die Suspendierung wurde aufgehoben, ein Disziplinarverfahren blieb ihm jedoch nicht erspart. „Ich wird's überleben", dachte er und machte sich auf den Weg zu seiner Psychologin. Es gab viel zu besprechen.

Herz – Strom – Tod

V 1.0, Mai 2014 bis August 2015

Fuhrmann war immer noch niedergeschlagen, die Ereignisse um seine Internetbekanntschaft gingen ihm nicht aus dem Kopf. Gerade eben versuchte er mit seiner Psychologin den Tiefschlag zu verarbeiten. Er sah viele Gemeinsamkeiten zwischen dem Leben des Opfers und seinem eigenen: ihre Sexsucht, seine

Angst, einsam zu leben, und die Akzeptanz ihrer Schwächen, ärztliche Hilfe suchend. Er hatte lange nicht die Kraft gehabt auszubrechen, genauso wie die Laaber, und dann, als sie es endlich geschafft zu haben schien, dieser schlicht tragische Unfall. Das nahm ihn mit.

Seine Psychologin, Andrea Mandle, war genauso alt wie er, vielleicht ein wenig älter, so schätzte er. Sie war ihm im Internet auf einer Selbsthilfeplattform für männliche Scheidungsopfer empfohlen worden, wirkte immer ein wenig streng mit ihren modischen Hosenanzügen und ihrem langen, braunen Pferdschwanz und konnte wunderbar zuhören. Mit ihrer angenehm warmen, melodischen Stimme stellte sie die Fragen, die er benötigte, um sich von seinem Trauma zu lösen, glaubte er. Er ging jeden Montagvormittag zu ihr, so auch heute.

Wie sollte er je wieder zu einer Frau finden? Die zurückliegenden Wochen waren geprägt von Angst vor dem Versagen, dem Alleinsein. Nach einer Sitzung mit Dr. Mandle ging es ihm zwar meist viel besser, aber spätestens am Abend holte ihn die Realität wieder ein. Er schaffte es kaum, sich am Computer anzumelden, und wenn es ihm dann endlich gelungen war, starrte er stundenlang auf den Bildschirm, unfähig, etwas zu tun. Seine Gedanken kreisten um das Geschehene, kamen einfach nicht zur Ruhe.

Dr. Mandle gab ihm als Aufgabe für die nächste Sitzung mit, seine Wünsche zu beschreiben, auch seine intimsten, und seine Erwartungen darzustellen. Als er nach der Sitzung gedankenverloren sein Handy einschaltete, bemerkte er mehrere Anrufe seines Kollegen Koller. Nach einem kurzen Durchatmen wählte Fuhrmann Kollers Nummer: „Guten Morgen, Koller", begrüßte er seinen Kollegen. „Guten Morgen, Fuhrmann, wir haben eine Tote, Aumannstraße, da im Villenviertel. Ich bin schon da, Näheres später."
„Danke, bin schon am Weg!"
Die Tote kam ihm als Arbeitstherapie gerade recht. „Dadurch werde ich sicher abgelenkt, diese Aufgabe der Mandle wird mich schon noch beschäftigen", dachte er. Fuhrmann lief zum Auto und machte sich auf den Weg zum Tatort. Die Häuser wurden immer moderner, die Grundstücke größer und die Autos teurer, je näher er dem Ort des Geschehens kam. Sein einfacher Dienstwagen fiel auf in der Gegend des Geldes. Lange brauchte er nicht zu suchen, die vielen Polizeifahrzeuge wiesen ihm den Weg. Es gab nur wenige Schaulustige, die Bewohner übten sich in Zurückhaltung in diesem Teil der Stadt, im Gegensatz zu anderen Vierteln, bemerkte er, nachdem er den Wagen abgestellt und einen kurzen Rundblick getätigt hatte. Er suchte sogleich Koller und fand ihn im ersten Stock der Villa im Badezimmer, im Wasser die Tote. Wobei, Badezimmer war in Fuhrmanns Augen

ein wenig übertrieben, er sah sich in einem rechteckig gestalteten, relativ hohen Raum ohne Zwischenwände. Als Raumteiler existierten lediglich zwei Kästen, hinter einem war das Bett, hinter dem anderen das Bad, die Küche mit Esstisch in der einen Hälfte, das Wohnzimmer mit Arbeitsplatz in der anderen. „Totale Symmetrie", dachte Fuhrmann und zeigte sich fasziniert von der außergewöhnlichen Architektur. Seine Kollegen schwiegen, so wie sie es gewohnt waren, Fuhrmann hasste es, wenn man sein „Schnuppern" störte. So nannte er jenen Moment, wenn er das erste Mal an einem Tatort erschien. Die Wohnhalle irritierte ihn ein wenig, er stand einige Zeit witternd im Raum und versuchte den Architekten zu verstehen. Kopfschüttelnd widmete er sich dem Fundort der Leiche: eine große Badewanne, angrenzend ein großes Fenster, dreigeteilt, der untere Querteil war mit einer Folie abgedeckt, die oberen zwei Fensterflügel waren offen und durchsichtig, ohne Vorhänge. Fuhrmann stutzte, er sah den Föhn in der Wanne und ahnte bereits die Todesursache. Er kniete sich nieder, krabbelte zum Kopf der Toten und bewunderte den herrlichen Blick aus der Badewanne auf die Berge im Hinterland. Selbst jetzt, zu Beginn des Sommers, waren noch einige Gipfel schneebedeckt, ein wunderbarer Anblick. Das Bad war, soweit er es feststellen konnte, nur von den Bergen einzusehen, die Folie im unteren Fenster genügte als Blickschutz zur Straße, Fuhrmann verstand. Die dunkelhaarige Frau war wunderschön, nur der Tod störte das harmonische Bild. „Der Föhn bei den Füßen?", durchzuckte es Fuhrmann. „Hat sie Zehennagellack getrocknet? Genug gesehen", dachte er und wandte sich abrupt um. Seine Kollegen standen wie Zinnsoldaten hinter ihm, sie hatten diesen Moment erwartet, dennoch zuckten sie überrascht zurück. Koller begann wie aus der Pistole geschossen zu berichten: „Astrid Matisek, 42, Anwältin, alleinstehend. Sie ist Teilhaberin einer Anwaltskanzlei in der Innenstadt. Ihre Reinigungskraft hat sie gegen Mittag gefunden, sie hat einen Schlüssel. Todeszeitpunkt gegen neun. Die Tote hat noch eine Schwester, die ist Krankenschwester im hiesigen Spital. Todesursache vermutlich Stromschlag, ziemlich sicher ein Unfall. Mehr wissen wir noch nicht."

„Gut, da fahren wir gleich ins Spital, je schneller wir die Angehörigen informiert haben, desto besser."

Die Fahrt ins Spital verlief völlig ereignislos. Fuhrmann schwieg, da seine Gedanken bei seiner Hausaufgabe weilten, Koller konzentrierte sich auf den Verkehr. Sie fanden Frau Matiseks Schwester, Anneliese Meierhofer, am Schalter der Unfallabteilung. Nach einer kurzen Vorstellung, die immer mit einem Erblassen des Gegenübers einherging, wie Fuhrmann schon so oft bemerkt hatte, gingen die drei in einen Besprechungsraum, um ungestört reden zu können.

„Guten Tag, Frau Meierhofer, wir kommen wegen Frau Astrid Matisek, ist das Ihre Schwester?" „Ja, was ist mit ihr?", wollte Meierhofer wissen. Jetzt kam das, was Fuhrmann am meisten hasste, Koller waren solche Situationen egal, es gehörte zum Job, sagte er immer. Fuhrmann stotterte, Koller grinste, Meierhofer erstarrte. „Ihre, äääähhhmm, Ihre Schwester ist tot!", brummte Fuhrmann tonlos. „Das kann nicht sein, nein, Sie müssen sich irren!", schrie Meierhofer und brach in Tränen aus. Koller und der Kommissar schwiegen, sie wussten, sie mussten den ersten Schwall Tränen abwarten. „Wie das?", fragte die sichtlich geschockte Krankenschwester mit tränenerstickter Stimme. „Mein Beileid erst einmal, Frau Meierhofer", antwortete Koller mit einem kurzen Seitenblick auf Fuhrmann, „sie ist in der Badewanne gestorben; so wie es ausschaut, ein Unfall. Wir haben eine Föhn in der Wanne gefunden." „Nein", hauchte die Schwester der Toten und heulte erneut laut auf. Koller brachte ihr ein Glas Wasser, Fuhrmann starrte aus dem Fenster auf den Spitalsparkplatz, in solchen Momenten wünschte er sich auf den Mond. Nach einer viertel Stunde hatte sie sich so weit gefangen, dass die Polizisten mit einer ernsthaften Befragung beginnen konnten: „Frau Meierhofer, wie war die Beziehung zu Ihrer Schwester?" „Gut, wir trafen uns einmal im Monat mit meiner Familie, sie ist ... war die Taufpatin meiner Tochter." „War Ihre Schwester in einer Beziehung? Hatte sie einen Freund?" Es folgte eine lange Pause, Fuhrmann merkte, wie Anneliese Meierhofer nach den richtigen Worten suchte. „Sie ... sie hatte keine ... feste Beziehung, wie soll ich sagen, sie war niemandem abgeneigt, war bisexuell und wahrscheinlich nymphomanisch veranlagt. Sie war auch einmal in Behandlung deswegen, aber es half nichts. Die längsten Beziehungen dauerten maximal drei, vier Monate, viele Männer und Frauen machten sich Hoffnungen. Sie erzählte oft, dass sie sich verliebt hätte, drei Monate später meinte sie, es sei nicht der oder die Richtige gewesen." „Nicht schon wieder eine Therapierte!", dachte Fuhrmann. „Hoffentlich bleibt das ein Unfalltod, sonst habe ich wieder ein ganzes Telefonbuch an Verdächtigen. Kann ich nicht einmal eine ganz normale Leiche haben?"

„Gab es in letzter Zeit eine Bekanntschaft mit solchen Hoffnungen?", wollte Koller wissen. „Nicht dass ich wüsste, im letzten Monat hat sie nichts dergleichen erzählt." „Ja, dann danke erst mal; wenn Ihnen noch etwas einfällt, melden Sie sich bei uns", sagte Fuhrmann und übergab seine zerknitterte Visitenkarte.

Fuhrmann und Koller begaben sich ins Kommissariat und nach einer kurzen Besprechung kamen beide zu der Erkenntnis, dass sie auf den Obduktionsbericht warten wollten, und wenn dort nichts Aufregendes enthalten wäre, würde der Fall als Unfall abgeschlossen. Fuhrmann kam diese Entscheidung gelegen, er fuhr nach Hause, um sich endlich seiner Aufgabe zu widmen.

Daheim angekommen, holte er sich Block und Bleistift, setzte sich mit einem Glas Wasser auf seine Terrasse und dachte angestrengt über seine Erwartungen, seine Wünsche und sein Leben nach. Nach zwei Stunden war der Block immer noch leer und sein Kopf voll von Sinnlosem, aber er hatte ja noch eine Woche Zeit, um das Papier mit Inhalten zu füllen.

Es dauerte bis Donnerstag, bis der Obduktionsbericht letztlich fertig war. Die Gerichtsmedizin bestätigte den Tod durch Stromschlag, ansonsten war Frau Matisek laut untersuchendem Arzt kerngesund gewesen. Fuhrmann und Koller begannen den Fall abzuschließen, Koller schrieb den Bericht, Fuhrmann ordnete die Tatortbilder, in den Archivordner des Computersystems, dabei betrachtete er noch einmal mit starrem Blick das Foto mit der Toten und dem Föhn im Wasser. Seine Nackenhaare stellten sich plötzlich auf, irgendetwas störte ihn, er starrte gebannt auf den Bildschirm und auf einmal hatte er den Fehler im System entdeckt. In seiner typischen Art sprang er auf, sein Sessel stürzte wie gewohnt um und Koller ahnte, dass der Fall noch nicht abgeschlossen war. „Fahren wir noch einmal zum Tatort, jetzt gleich, sofort!", schrie der Kommissar erregt. „Hopp, hopp!" Wie immer, wenn er etwas auf die Spur kam, schwieg Fuhrmann nach seinem Ausbruch. Das war für niemanden leicht auszuhalten: diese Gefühlssprünge, zuerst laut, alles musste schnell gehen, und anschließend immer diese langen Phasen der Stille. Kaum hatte ihr Auto angehalten, sprang der Kommissar heraus, schlug die Tür dermaßen fest zu, dass Koller glaubte, sie fiele aus den Angeln. Er hechelte Fuhrmann hinterher und fand ihn im Badezimmer. „Wirklich wahr, jetzt weiß ich es, es war Mord!" „Aha, woran erkennst du diesen Umstand?", fragte Koller kopfschüttelnd. „Keine Steckdose, kein Verlängerungskabel, der Föhn bei den Füßen, das alles ergibt keinen Sinn, es sei denn, es soll etwas vertuscht werden!" Koller sah sich um und musste in der Tat feststellen, dass es keine Steckdose in der Entfernung der Länge des Föhnkabels gab. Er kannte den Bericht der Spurensicherung und wusste daher, dass auch kein Verlängerungskabel gefunden worden war. Wenn jetzt nicht die Putzfrau das Kabel entfernt hatte, dann hatten sie einen waschechten Mord. Koller dachte gerade an alles, was er so über Strom wusste, als Fuhrmann ihn mit einer Frage überraschte, an die sie eigentlich früher hätten denken sollen: „Hat die Putzfrau oder irgendjemand anderer die Sicherung reingedrückt? Die müsste nämlich gefallen sein." „Im Bericht steht nichts und die Putzfrau hat auch nichts davon berichtet, aber wir werden sie noch einmal genau zu dem Thema befragen. Ich rufe gleich am Revier an, die sollen mir Telefonnummer und Adresse durchgeben."

Am Weg zur Wohnung von Matiseks Reinigungskraft fragte sich Koller, wie er den Umstand hatte übersehen können, Fuhrmann hingegen fürchtete sich vor der weiteren Entwicklung in diesem Fall. Wieder würde er in ein nicht einfaches Privatleben hineinhorchen, von dem er eigentlich nichts wissen wollte. Wie viele Liebschaften würde er befragen müssen, welche Details an die Oberfläche bringen? Das waren alles Dinge, die ihm schon jetzt schwer zu schaffen machten. Seine Gedanken kreisten um sein eigenes Leben, er suchte nur eine, eine einzige Beziehung, schaffte es nicht einmal, seine Träume auf einen Block zu schreiben, und die Tote machte Beziehungshopping. „Werde ich je wieder ein normales Leben führen können?", dachte er, obwohl er sich eingestehen musste, dass er nicht wusste, was ein normales Leben genau war.

Frau Susic, eine bosnische Immigrantin, war noch mitgenommen vom tragischen Tod ihrer Arbeitgeberin, aber zumindest den Job in der Kanzlei würde sie behalten können, wie sie berichtete. Sie war sich sicher, dass sie kein Verlängerungskabel weggeräumt hatte. Und sie hätte auch definitiv nicht die Sicherung reingedrückt, denn sie hätte gar keinen Zugang zum Sicherungskasten. Der würde sich im Vorraum befinden und sei immer versperrt. Einmal hätte sie deswegen sogar Frau Matisek aus der Kanzlei herbeiholen müssen, als die Sicherung wegen einer defekten Leuchte rausgefallen war, erzählte sie den Beamten.

Die beiden Kommissare wussten jetzt mit Bestimmtheit, dass sie es mit Mord zu tun hatten, aber sie standen mit ihren Ermittlungen wieder ganz am Anfang. Vor allem die Art und Weise des Delikts stellte sie vor ein großes Rätsel. Sie beschlossen daher, noch einmal zur Wohnung zu fahren und sie zu durchsuchen. Fuhrmann graute davor, in fremden Kästen zu wühlen, er ahnte nichts Gutes.
Fuhrmann und Koller begannen in der Küche zu stöbern und gingen danach systematisch über das Wohnzimmer zu den beiden Kästen links und rechts, die als Pseudotrennwand fungierten. Koller nahm sich die Badseite vor und Fuhrmann fand sich plötzlich voll in seinem persönlichen Dilemma: Der erste Kasten, den er öffnete, offenbarte ihm allerlei Dessous und einige kleine erotische Gimmicks. Er fand überhaupt keine in seinen Augen normale Unterwäsche. Zu seiner Erleichterung gab es zumindest keine Peitschen, Latexgewänder oder Handschellen. In den beiden anderen Teilen des Kastens hingen dagegen nur Kostüme und Kleider, offenbar das Berufsgewand der Toten. Koller fand Sportsachen, Badetücher und Bettüberzüge, sonst nichts Auffälliges. Im Nachtkästchen neben dem großen, ovalen Bett entdeckten sie jede Menge Kondome, verschiedenste aromatisierte Gleitgels, das Handy, den Kalender und das Portemonnaie des Opfers. Fuhrmann packte die persönlichen Gegenstände der Toten in eine Tüte, im Wesent-

lichen sah er die Aussagen von Matiseks Schwester bestätigt, das war nicht leicht für ihn zu ertragen. Jetzt galt es fürs Erste, die möglichen Kontakte des Opfers zu ermitteln, Fuhrmann sah sich im Geiste schon hunderten Männern und Frauen gegenüber, die er alle nach ihrer Beziehung zur Toten befragen musste.

Wieder einmal begab er sich mit einer persönlichen Mitschrift eines seiner Opfer auf den Weg in das Café am Hauptplatz. Der Kellner verdrehte die Augen beim Anblick des Kommissars, er wusste: wenig Umsatz, wenig Trinkgeld und im schlimmsten Fall umgeschmissene Tische und Sessel und verärgerte Gäste. Fuhrmanns Kaffee wurde oft kalt, wenn er in Tagebüchern oder Kalendern von Opfern blätterte, so gefangen war er von den Einträgen, weniger vom Inhalt als von den Vergleichen mit seiner persönlichen Situation. In seiner Selbstfindung versuchte der Kommissar oft bei anderen fündig zu werden, selten erfolgreich.

Dieser Kalender jedoch war absolut unspektakulär, die Geschäftstermine waren ausgeschrieben, sogar mit Aktenzeichen versehen, die Abend- und Wochenendtermine erschienen in Kürzeln. Auffallend war, dass die Kürzel selten länger als zwei Monate eingetragen waren. Offenbar waren es die Synonyme für die Bekanntschaften der Ermordeten. Jetzt war Fuhrmann enttäuscht, der Kaffee war trotzdem kalt, aber der Informationsgewinn äußerst gering, die Arbeit vermehrte sich, Schnitzeljagd im Dienst. Der Kellner wiederum konnte sein Glück kaum fassen, so kurz war der Aufenthalt des Kommissars selten. Fuhrmann hoffte auf mehr Informationen aus den Telefonverbindungen der Toten. Die Zeit, bis ihm das ausgewertete Telefonprotokoll vorlag, wollte er nutzen, um seine persönlichen Wünsche zu erarbeiten. Sein leerer Block gab ihm zu denken, deswegen fuhr er sofort nach Hause.

Der erste Satz, den er schaffte, auf seinem offenen Block zu schreiben, lautete: „Liebe, was ist das überhaupt?" Daneben notierte er in Klammern noch: „körperlich, geistig ..." In seinem Sofa versunken dachte er lange über seine gescheiterte Ehe nach, was war darin die Liebe? Die Küsse auf den weichen Lippen seiner Ex, die gemeinsamen Erlebnisse? War es der Sex? Das glaubte er nicht, Hiebe konnten in seinen Augen kein Liebesbeweis sein. Schlag mich, wenn du mich liebst! Wie absurd, eher schon die Zärtlichkeit, die seine Frau an den Tag legte, nachdem sie bekommen hatte, was sie wollte. Er war für Romantik. „Ich mag Frauen in Kleidern", sinnierte er, räumte aber sogleich ein, dass Hosen durchaus praktischer waren für den Alltag. „Wo bin ich jetzt gelandet, bei der Modeberatung?!" Fuhrmann schlug vor Verzweiflung mit der flachen Hand auf den Tisch. Frustriert über sich selbst und seine Gedankengänge ging er schlafen.

Wie erschlagen wachte er auf, zum Einschlafen hatte er fast die ganze Nacht gebraucht, zu viel war durch sein Hirn gerattert. Der Fall führte ihn nach einem kurzen Frühstück mit Koller in die Kanzlei der Toten. Das Büro lag nicht weit entfernt vom Kommissariat. Fuhrmann genoss den Spaziergang, die frische Luft beglückte ihn und erlöste ihn von seinen nächtlichen Gedankengängen. In der Kanzlei spürten die Kommissare sofort die traurige Stimmung der Angestellten. Die Gäste wurden in ein Besprechungszimmer geleitet und mit Kaffee versorgt. Das Koffein dämmte Fuhrmanns Müdigkeit, mit Schlafmangel konnte er überhaupt nicht umgehen. Es dauerte nicht lange, bis die zwei Partner der toten Anwältin im Konferenzraum erschienen. Fuhrmann wusste bei den beiden Männern sofort, warum es hier keine Beziehung zu der Toten gegeben haben konnte: Die beiden waren offensichtlich ein Paar. Offenbar zwang Fuhrmanns stoischer, müder Blick die zwei zu einer sofortigen Offenlegung ihres Beziehungsstandes. Sie erzählten, dass sie seit gut zwei Jahren verheiratet seien, dass die Tote ihre Trauzeugin gewesen sei und dass sie sich alle auf der Uni kennengelernt hätten. Fuhrmann nickte leicht bei der Bestätigung seiner Vermutung, sonst zeigte er keinerlei Reaktionen. Die Matisek war sehr beliebt gewesen bei allen in der Kanzlei, nur einmal vor ein paar Jahren hatte es einen Konflikt gegeben, da hätte sie ein kurzzeitiges Verhältnis mit einer der

gemeinsamen Sekretärinnen gehabt, aber seit damals seien Beziehungen mit dem Personal tabu und auch, nach Meinung der Anwälte, nicht mehr vorgekommen. „Wissen Sie etwas über das Privatleben Ihrer Partnerin?", wollte Fuhrmann noch wissen. „Leider nein", lautete die Antwort unisono, auch vom restlichen Personal war dahingehend nichts zu erfahren. Am frühen Nachmittag verabschiedeten sich die beiden Kollegen ohne wesentlichen Informationsgewinn ins Wochenende. Fuhrmann hatte noch viel zu tun, er nahm seine Hausaufgaben durchwegs ernst.
Das ganze Wochenende verbrachte der Kommissar mit Selbstanalyse, er versuchte intensiv seine Wünsche darzustellen. Er ließ seine Notizen über die Liebe einfach am Papier stehen, machte einen Strich darunter und fing von Neuem an. Zuerst versuchte er es mit ganzen Sätzen, blieb dann aber nach reiflicher Überlegung und auch mangels Erfolg bei einzelnen Wörtern. Seine letztlich niedergeschriebenen Wünsche waren: „Streicheln dürfen, Aneinanderkuscheln, gemeinsam lachen, zusammen etwas erleben". Dafür hatte er drei Stunden gebraucht, weitere zwölf brauchte er für: „gemeinsam erotische Geheimnisse haben, Frauen in Kleidern oder Röcken". Er war unsicher, durfte er so etwas erwarten, wünschen vielleicht, aber erwarten? Er hatte Angst vor der Reaktion seiner Psychologin. „Ist man mit solchen Wünschen bereits ein Fall für die Klapsmühle?", dachte er.

Fuhrmann war hundemüde, hatte wieder wenig geschlafen, seine persönliche Krise machte ihm immer mehr zu schaffen. Das ganze Wochenende hatte er an seiner Wortsammlung gekiefelt, viel war es nicht. Er war sich bis zuletzt nicht sicher, ob er mit diesem Wenigen überhaupt zur Sitzung gehen sollte. Doch irgendwie überzeugte er sich schließlich selbst und erschien bei seinem Termin. Doktor Mandle erwartete ihn bereits, er war montags immer der erste Patient in ihrer Praxis. „Guten Morgen, Herr Fuhrmann, wie war die letzte Woche?" „Guten Morgen, na ja, ging so! Eine Tote, Mord, und sonst habe ich viel über Ihre Aufgabe nachgedacht, es war nicht einfach." „Gut so, machen Sie es sich bequem, Herr Fuhrmann, ich habe nicht damit gerechnet, dass es einfach für Sie sein würde, aber wie ich sehe, haben Sie es geschafft, etwas zu Papier zu bringen." Fuhrmann konnte sich ein leichtes Grinsen nicht verkneifen, legte sich auf die Couch und beobachtete ausdruckslos seine Ärztin, wie sie sich auf den Sessel neben der Couch setzte, wie immer ihre langen Beine übereinanderschlug und ihr Heft auf ihren Oberschenkel legte. Dem Kommissar schien das alles nicht bemerkenswert, sein Blick war leer, er konzentrierte sich so auf die Worte, die er verwenden wollte. Nach einer kurzen Stille begann er dann auch schon zu sprechen, ganz unaufgefordert. Er erzählte von seinen Gedanken und seinen Niederschriften, von der Zeit, die er dafür gebraucht hatte, und von seiner Scham über die letzten zwei Punkte. Doktor Mandle fand es überaus interessant, dass es einer seiner Wünsche war, etwas zu geben. Auf die Frage nach seinen erotischen Geheimnissen stammelte Fuhrmann nur einzelne heisere Worte, schließlich formulierte die Psychologin eine Zusammenfassung: „Ich wünsche mir, dass meine Partnerin ab und an Strapse trägt, auch mal ohne Unterhöschen, Sex nicht nur im Bett mit mir hat, sondern vielleicht auch einmal im Auto oder auf einer Wiese oder am Strand, und sich von mir streicheln lässt, lieben lässt. Stimmt das so, Herr Fuhrmann?" Dessen Gesicht war rot gefärbt wie ein Paradeiser, Schweißperlen standen ihm auf der Stirn: „Ja." Jetzt war es draußen. „Endlich", dachte er und seine ganze Anspannung fiel von ihm ab. Der Rest war dann einfach, Fuhrmann formulierte seine Wünsche mit leichter Zunge und je länger er sprach, desto entspannter wurde er. Am Ende der Sitzung lächelten beide. „Gut so, Herr Fuhrmann, das nächste Mal sprechen wir über den Anfangsteil Ihrer Niederschrift, über die Liebe."

Fuhrmann war unglaublich erleichtert und mit einem Lächeln auf den Lippen erschien er am Kommissariat, wo Koller ihn schon erwartete: „Die Auswertung ist da, der Staatsanwalt hat einer Telefonnummernerhebung zugestimmt", begrüßte sein Kollege ihn. „Hey, du lächelst ja!" Fuhrmann verdrehte die Augen: „Guten Morgen, Kollege Koller, dann wollen wir mal die

Liste durchgehen." „Das sind aber viele Gespräche", bemerkte der Kommissar nach ein kurzem Blick auf die Telefonnummernauswertung. „Die grün markierten Nummern sind die mit der Kanzlei abgeglichenen Kundennummern, der Rest aber macht fast doppelt so viel aus!", fasste Koller seine ersten Ergebnisse zusammen. „Wir sollten versuchen, die Häufigkeit der Telefonnummern mit den Kürzeln in Verbindung zu bringen, zumindest überprüfen, ob es Übereinstimmungen mit den Zeiträumen und den Kalendereinträgen gibt", überlegte Fuhrmann laut. „Gut, ich mache den Report für den Chef fertig", sagte Koller, nach einer kurzen Pause fügte er hinzu: „Wie schaut es denn mit deiner Disziplinarsache aus, hat die Kommission schon ein Urteil ausgesprochen?" Fuhrmanns Lächeln verflog, das hatte er vollkommen vergessen! „Nein, noch nicht, ich lasse dich wissen, wenn es so weit ist." Der Kommissar wollte noch mit den Nachbarn des Opfers sprechen und verabschiedete sich aus der Dienststelle.

Am Tatort angekommen streifte er zuerst rund um die Wohnung der Toten, beim ersten Eintreffen hatten einfach zu viele Polizisten herumgestanden. Er wollte ein Gefühl für die Wohngegend und die Nachbarschaft bekommen. Überall sah Fuhrmann gepflegte Häuser, große Villen, oft mit mehreren Namensschildern an der Eingangstür und vielen teuren Autos. Das Haus, in dem die Tote wohnte, war einzigartig in der

Umgebung. Der Baustil, zwei leicht versetzte rechteckige Quader übereinander, beeindruckte den Kommissar erneut, er liebte außergewöhnliche Architekturen. Er wollte gerade an der unteren Wohnungstür anläuten, als aus dem Nachbarhaus eine ältere Dame auf den Gehsteig trat. Fuhrmann eilte sofort auf die Frau zu und erntete jenen misstrauischen Blick, den jede Person zeigte, auf die der Kommissar unangekündigt zustürmte. „Guten Morgen, mein Name ist Fuhrmann, von der hiesigen Kriminalpolizei", stellte er sich vor und kramte dabei seinen Ausweis heraus. „Kann ich kurz mit Ihnen sprechen?" „Kein Problem, was wollen Sie wissen, Herr Inspektor?" Fuhrmann grinste bei der Wortwahl der Frau: „Kannten Sie Ihre Nachbarin, die Frau Matisek?" „Ja, das war eine ausgesprochen nette Person und Anwältin war sie auch, sie hat mir mal bei meiner Pensionierung geholfen. Die war jeden Tag, bei jedem Wetter in der Früh laufen, sehr sportlich war die. Ich habe sie immer gegrüßt. Wissen Sie, ich kann nicht mehr so lange schlafen und da sitze ich da am Fenster und schaue in die Gegend", erzählte die Frau mit einem Seitenblick auf ihr Haus. „Haben Sie die Matisek auch am Montag letzte Woche gesehen?" „Sicher, wie sie heimgekommen ist. Es war ziemlich laut, die von der Gartenpflege waren da mit ihren Wagen und haben den Rasen beim Gehweg und bei ein paar Nachbarn gemacht. Der Matisekgarten und meiner kommen nächste Wochen dran." „Aha, wer wohnt eigentlich unter der Matisek?" „Niemand, das hat sie für ihre Schwester gebaut, aber die wollte da nicht einziehen, die hat ein eigenes Haus jetzt, wo, weiß ich nicht." „Ist Ihnen sonst noch etwas aufgefallen, Frau … ähm … wie war noch Ihr Name?" „Karoline Meier, Herr Inspektor, nein, nicht viel, nur einmal war es gespenstisch ruhig an dem besagten Morgen in der Straße, so für fünfzehn, zwanzig Minuten, als die Arbeiter Pause machten, danach liefen die Rasenmäher wieder." „Aha", sagte Fuhrmann und schwieg. Er dachte mit leerem Blick nach, seine Gesprächspartnerin zog die Augenbrauen hoch und betrachtete den schweigenden Kommissar. Unvermittelt fuhr der plötzlich fort: „Wenn Ihnen noch etwas einfällt, rufen Sie mich bitte an, Frau Meier, Sie erreichen mich am Kommissariat. Auf Wiedersehen." Fuhrmann drehte sich um und schlenderte scheinbar verloren zu den anderen Häusern, dabei versuchte er, die Hintergründe der Tat zu verstehen. Von den Anwohnern erfuhr er nicht viel Neues, die meisten waren untertags arbeiten, der Rest hatte nichts gesehen an dem Tag, nur die Rasenmäher gehört.

Enttäuscht zog Fuhrmann sein Telefon aus seiner Jacke und rief Koller an. „Hallo, hast schon den Bericht?" „Ja, fertig." „Gut, nimm ihn mit ins Kaffeehaus. Treffen wir uns dort am Hauptplatz. Bis später", sagte er und legte auf, ohne die Antwort abzuwarten und ohne zu grüßen.

Im Café wartete Koller bereits, Fuhrmann bestellte seinen Kaffee und begann gemeinsam mit dem Kollegen die Telefonliste durchzuarbeiten, zum Glück hatte die Staatsanwaltschaft der Namensauswertung der Telefonnummern zugestimmt, so dass sie nicht nur nackte Zahlen vor sich hatten. Bald schon entdeckten sie einige Zusammenhänge zwischen den Kürzeln und den Namen, einige waren Firmentelefonnummern, wo die Firmennamen als Eigentümer aufschienen. Dieser Umstand machte die Sache ein wenig komplizierter. Fuhrmann und Koller ordneten die Personen nach Namen, dabei fiel ihnen auf, dass die ersten drei Buchstaben vom Vornamen und die ersten zwei vom Nachnamen die Schlüssel zu den Kürzeln waren, damit war zumindest ein Analyse einigermaßen sinnvoll aufzusetzen. Am Ende hatten sie vierzehn Namen und drei Firmen. Erschöpft trank Fuhrmann seinen kalten Kaffee und blickte mit starren Augen in die Ferne. „Vierzehn sind gerade noch zu ertragen", sinnierte er, während er den Straßenverkehr beobachtete. Es kam, wie es kommen musste: Fuhrmann sprang auf, der Sessel fiel um, der Tisch kippte, die Tassen zersprangen, der Kellner schimpfte und der Kommissar schrie „Da, da, da" und deutete mit dem Finger auf einen orangen VW-Bus mit einem großen Anhänger. Koller, in Kaffee getränkt, seufzte verzweifelt:

„Was, da, da, wo, da, da, warum, da, da, hast du eigentlich ein bisschen Kontrolle über deinen schlaksigen Körper?" „Was? Na da, der orange Bus, mit der Telefonnummer und den Namen Worascheck, Gartenpflege und Gartengestaltung, die Nummer habe ich in den Listen gesehen und am Anhänger steht ein Stromaggregat."

„Bist du sicher, du hast dir die Telefonnummer gemerkt, du bist mir unheimlich, und was hat das alles mit dem Stromaggregat zu tun?"

„Pass auf, Koller, was ich jetzt sage, klingt vollkommen absurd, aber mir ist gerade folgende Theorie eingefallen: Wenn unser Mörder mit der Matisek ein Verhältnis hatte, sagen wir, er verkraftet die Trennung nicht, dann kommt er zum Rasenmähen, mit einem Elektrischen. Er weiß, dass die Matisek immer in der Früh in der Badewanne liegt, das Fenster ist offen, er nimmt ein Verlängerungskabel, hängt den Föhn dran und schmeißt ihn in die Badewanne. Die Meier, die Nachbarin, hat erzählt, dass die Rasenmäher circa zwanzig Minuten Pause hatten, wenn da jetzt die Sicherung des Aggregats fiel, der Mörder das Kabel zurückzog, die Sicherung wieder reindrückt, fertig. Schaut aus wie ein Unfall, die Spurensicherung, hat die eigentlich Fingerabdrücke am Föhn gefunden?"

„Fuhrmann, wie willst du das Ding beweisen? Nicht zuordenbare Fingerabdrücke wurden ein Paar gefunden, aber deine Theorie ist so absurd!"

„Ich hab eine Idee, vielleicht haben wir Glück. Auf geht's!"
Wenige Tage später saß Koller kopfschüttelnd vor dem Abschlussbericht, er konnte immer noch nicht glauben, dass Fuhrmann mit seiner absurden Mordtheorie vollkommen gehabt Recht hatte. Die Eigentümerin der Gärtnerei Worascheck hatte die Trennung nicht verkraftet und die Matisek mit dem Föhn getötet. Das Tatwerkzeug konnte der Täterin aufgrund der Fingerabdrücke zugeordnet werden, der Arbeiter der Gärtnerei bestätigte die gefallene Sicherung und schließlich gab es auch noch ein Geständnis.
„Wie verdreht muss die Mörderin denken können, um so einen Plan zu entwickeln, und wie erst muss der Fuhrmann denken, um auf so eine absurde Idee zu kommen?", ging es Koller durch den Kopf.
Fuhrmann ging viel entspannter zu dem Termin mit seiner Psychologin als die letzten Male. Es war fast alles ausgesprochen, seine Probleme hatte die Mandle in Worte gefasst, er hatte seine Fantasien von einer anderen Person gehört und hatte sich zu ihnen bekannt, es erschien im alles so einfach.
Als Fuhrmann den Behandlungsraum betrat, war er sofort irritiert. Seine Therapeutin trug das erste Mal ein Kleid und ihr Haar hing offen über ihre Schultern.

Herz – Eifer – Fallen

V 1.0, Juni bis September 2014

Fuhrmanns Verwirrung war grenzenlos beim Anblick seiner Therapeutin: das schmucke Kleid im Gegensatz zu den strengen Hosenanzügen, das offene, lange Haar, Fuhrmann war von dem Anblick gefesselt. Noch nie hatte er sie so gesehen. Alles Weibliche erschien ihm extra betont. „Gehört das zur Therapie?", fragte er sich innerlich, als er seinen Platz auf der Couch einnahm. Nur langsam konnte er sich vom Anblick seiner attraktiven Therapeutin lösen und wandte sich dem Thema der Sitzung zu. Es sollte um Liebe gehen, hatten sie ausgemacht, und um den Satz auf seinem Block: „Liebe, was ist das überhaupt?" Dr. Mandle sprach von Liebe als der stärksten Zuneigung und Wertschätzung, die ein Mensch einem anderen entgegenbringen könne, das Wichtigste aber sei, dass Liebe keine Erwiderung brauche. Fuhrmann war komplett vor den Kopf gestoßen, er konnte sich Liebe ohne Erwiderung so gar nicht vorstellen, liebe einen Hydranten, durchfuhr es ihn, wie seltsam. Immer wieder versuchte er mit Argumenten die in seinen Augen schwachsinnige Definition zu torpedieren, aber Dr. Mandle hatte für all seine Ideen sehr gute Antworten parat, sein Bild von der Liebe, wenn er überhaupt eins hatte, geriet zunehmend ins Wanken. Fuhrmann verließ die Sitzung mit dem Kopf voll neuer Denkmuster und Emotionen. Er war so aufgewühlt, dass er sogar vergaß das Handy einzuschalten.

Im Kommissariat angekommen, empfing ihn Koller gleich mit dem Vorwurf, dass er nicht erreichbar sei, und mit den Fakten zu einem toten Bauern auf einem nahe gelegenen Bauernhof. Fuhrmann ignorierte die Spitze seines Kollegen bezüglich seiner Erreichbarkeit, umso aufmerksamer lauschte er dessen Kurzbericht: „Das Opfer, ein Bauer, Walter Berger, ist auf seinem Hof vom Heustadel geflogen und auf dem Pflug gelandet. Die scharfen Pflugscharen haben den Körper regelrecht geteilt", erzählte Koller im gleichen Tonfall wie bei seiner Ansprache über Fuhrmanns totes Handy. Fuhrmann war in gewisser Weise erleichtert: Das sah eher nach einem Unfall als nach einem Mord aus und es ging – zumindest in den ersten Erzählungen – nicht schon wieder um intimste Informationen von Menschen. Seine letzten Mordfälle mit ihren allzu privaten Details, die sich in sein Privatleben gedrängt hatten, hatten ihm sehr zugesetzt, seine Psychologin hatte zwar einiges lösen können, aber eine gewisse Unsicherheit machte ihm immer noch zu schaffen.

Fuhrmanns Stimmung war nicht gut und er schenkte dem Toten auch kaum einen Gedanken, als sie zum Ort des Geschehens fuhren, er war mit seinem Kopf immer noch bei seiner morgendlichen Sitzung. Koller fiel die geistige Abwesenheit seines Kollegen auf, er

fragte deswegen direkt nach: „Fuhrmann, hast du irgendwas? Du bist so schweigsam, so anders als sonst." „Nein, ich denke nur über mich nach." Koller war irritiert, mit dieser Antwort hatte er nicht gerechnet, jetzt wusste er erst recht nicht, woran er war, deshalb schwieg auch er. Fuhrmanns Privatleben glich einem Staatsgeheimnis, außer über die Scheidung wusste niemand im Kommissariat etwas über ihn abseits der Arbeit. Nur einmal, bei der Toten am Wegrand, hatte ein wenig davon durchgeblitzt und ihm auch gleich ein Disziplinarverfahren gebracht.
Am Bauernhof herrschte reges Schaffen, die Spurensicherung lief umher, die Gerichtsmedizin wartete ungeduldig auf die beiden Beamten und viele Polizisten in Uniform waren da, um den Tatort zu untersuchen. Fuhrmann stieg schweigend aus dem Fahrzeug und ging geradewegs zum Toten, dieser sah grässlich aus, regelrecht geteilt, in zwei, nein, drei Teile. Nach einem kurzen Blick auf die Leiche stieg der Kommissar zum Heuboden hinauf und tastete sich langsam zur Kante vor. Oben war nichts Auffälliges, nur getrocknetes Gras eben. Trotzdem verweilte Fuhrmann nachdenklich am Heuboden. Von unten beobachteten ihn seine Kollegen, gespannt auf eine Reaktion wartend. Die kam, völlig unerwartet, total entspannt: „Nichts, einfach nichts, was auf einen Mord hindeutet, Kollegen." Fast alle seine Zuhörer hoben die Augenbrauen oder zeigten eine ähnliche Reaktion, diese

ruhige Art kannten sie von Fuhrmann in so einer Situation nicht. Koller fing sich als Erster: „Ja, schaut wie ein Unfall aus, dürfte einfach runtergefallen sein."
„Ungefähr gegen sechs Uhr morgens, plus/minus eine Stunde, ich tippe auf Tod durch Pflugschar, aber den genauen Obduktionsbericht gibt es nächste Woche", ergänzte der Gerichtsmediziner mit einem süffisanten Lächeln. „Na super, Doc, gibt es eigentlich Angehörige und wer hat die Leiche gefunden?", wollte Fuhrmann wissen. „Es gibt Frau und Bruder, der hat ihn übrigens auch gefunden. Er arbeitet in einem Restaurant als Koch und hat ein paar Tage frei, deswegen kam er seinen Bruder an ihrem elterlichen Hof besuchen, fand aber nur dessen toten Körper. Die Ehefrau des Toten haben wir noch nicht gefunden, aber wir haben eine Telefonnummer von ihr."
Fuhrmann und Koller suchten den Bruder auf, um ihn zu befragen, sie fanden ihn in der Wohnküche des Bauernhauses bei einer Tasse Kaffee sitzend, Tränen in den Augen. „Guten Morgen, Herr Berger, mein Beileid, das ist mein Kollege Fuhrmann, können wir Ihnen ein paar Fragen zu Ihrem Bruder stellen?", begann Koller die Unterhaltung, er wusste, Fuhrmann hasste solche Gesprächseröffnungen. „Danke, ja, geht schon, wie kann ich Ihnen helfen?" „Erzählen Sie uns etwas über Ihren Bruder, aus unserer Sicht schaut das wie ein Unfall aus." „Das kann ich mir überhaupt nicht vorstellen", entgegnete Berger erregt. „Ich mei-

ne, wir kennen den Stadel seit unserer Kindheit, wir haben hunderte Male Heu abgeladen beziehungsweise hochgeladen. Es war schon zu Vaters Zeiten verboten, was anderes als den Heuwagen unter die Kante zu stellen. Mein Bruder hat das auch die letzten Jahre so gehandhabt und, ehrlich, ein Pflug im Heustadel kommt mir als Bauernkind sehr komisch vor. Mein Bruder war ein wenig eigenbrötlerisch und traditionell, vieles musste so passieren wie in unserer Kindheit, fragen Sie seine Frau, die hatte es nicht leicht mit ihm die letzten Jahre, ich glaube, die wollte sich auch von ihm trennen. Vor drei, vier Monaten hat er mich angerufen und erzählt, dass sich seine Frau von ihm scheiden lassen wolle und dass sie angeblich einen Liebhaber hätte. Ich kenne die Lisi seit unserer Kindheit, das kann ich mir schon vorstellen, die Sache mit einem Freund. Wie gesagt, mein Bruder war da nicht einfach."

„Aha" – eine typische Fuhrmann-Reaktion, es folgte ein kurzes, bedrückendes Schweigen, bis Fuhrmann eine weitere Frage formulierte: „Wissen Sie, wo sich die Gattin Ihres Bruders aufhält zur Zeit?" „Nein, tut mir leid, das kann ich Ihnen leider nicht sagen."

„Okay, das wär's fürs Erste. Wenn Ihnen noch etwas einfällt, rufen Sie uns bitte an", beendete Koller das Gespräch und reichte Berger seine Visitenkarte. Fuhrmann und sein Kollege beschlossen, zum Kommissariat zu fahren und einmal die Fakten zusammenzutragen, trotz der Aussage des Bruders deutete alles auf einen Unfall hin, das war kein Fall für sie, dennoch mussten die Kommissare noch die Ehefrau befragen. Auf ihrer Dienststelle wurde Fuhrmann bereits von der Sekretärin seines Chefs erwartet und freundlich, aber bestimmt direkt in dessen Büro geleitet. Der Empfang war mehr als kühl: „Setzen Sie sich, Fuhrmann. Die Disziplinarkonferenz hat endlich Ihre Stellungnahme bewertet und folgendes Urteil gefällt: sechs Monate Innendienst und einen Eintrag im Personalakt. Hier ist Ihr persönliches Kuvert mit dem Urteil. Wenn Sie mir hier kurz den Empfang bestätigen. Ich sag ja immer, so etwas zahlt sich nicht aus." Mit diesen Worten überreichte der Leiter für Kriminaldelikte seinem Untergebenen ein Kuvert und wies auf das zu unterzeichnende Papier. „Na, was sagen Sie zu dem Urteil?" „Na ja, irgendwie super", entgegnete Fuhrmann süffisant, „erwarten Sie, dass ich in Jubelschreie ausbreche?" „Irgendwas werden Sie sich ja dabei denken, Kollege Fuhrmann." „Das behalte ich dann doch lieber für mich, die Innendienstanordnung gilt ab sofort?" „Ja, es gibt halt keine Diäten das nächste halbe Jahr." „Gut, okay, danke, kann ich jetzt gehen?" „Eine Kleinigkeit noch, Kollegin Diesl wird Sie während Ihrer Innendienstzeit bei Koller vertreten und mit ihm die Arbeiten an den Tatorten durchführen, sie ist neu bei der Kripo, war früher auf Streife und ist jetzt ein halbes Jahr hier auf Ausbildung, danach bleibt sie bei uns, wenn sie sich halbwegs anstellt, als dritte Kraft." „Auf Wiedersehen", verabschiedete sich Fuhrmann kurz und lief zu seinem Platz. Dort knallte er das Kuvert auf den Schreibtisch und seufzte. Koller sah ihn fragend an, Fuhrmann wollte gerade etwas sagen, als die Tür aufging und eine hübsche Frau mit kurzem Haar den Raum betrat. „Guten Morgen, die Herren, mein Name ist Paula Diesl, ich bin Ihre neue Kollegin, ich nehme an, Sie haben davon schon gehört." Schweigen, Koller sah Fuhrmann an, Fuhrmann starrte die Neue regelrecht an, musterte sie eingehend: mittelgroß, burschikoser Typ, schlank, hübsch, fast zu viel Oberweite, das passte für Fuhrmann nicht zusammen, er tippte sofort auf Silikonunterstützung, im nächsten Augenblick jedoch entsetzten ihn seine Gedanken dermaßen, dass er kein Wort mehr herausbrachte. Es war Koller, der die unheimliche Ruhe auflöste: „Guten Morgen, Frau Diesl, mein Name ist Koller, das ist Kollege Fuhrmann und es ist normal, dass er so starrt, wenn er etwas analysiert, und, nein, ich weiß nichts von Ihnen, du, Fuhrmann?" Schweigen. „Fuhrmann!", sagte Koller deutlich lauter, der Kommissar schreckte hoch aus seinen Gedanken: „Ah, ja, ja, der Chef hat es mir gerade erzählt, willkommen bei uns, Sie werden die nächsten sechs Monate nur mit dem Kollegen Koller unterwegs sein. Ich habe soeben Innendienst verordnet bekommen, meine Disziplinarstrafe wegen Zurückhaltung von Informationen. Sechs Monate!" Koller sah staunend auf Fuhrmann: „Sechs Monate wegen der Kleinigkeit? Das ist schon sehr komisch und überzogen, finde ich. Na gut, Frau Diesl, da haben wir noch einen Schreibtisch. Ich denke, Ihren Computerzugang und das Büromaterial werden in den nächsten Tagen ankommen. Wir haben gerade einen Fall zum Eröffnen und können ihn auch gleich wieder abschließen. War, so schaut es zumindest bis jetzt aus, ein Unfall auf einem Bauernhof." „Sehr gut, dann lasst uns gemeinsam anfangen", beendete Diesl die eigenartige Vorstellungsrunde.

Fuhrmann war schwer mitgenommen, mit so einem Urteil hatte er nicht gerechnet. Innendienst war in seinen Augen das Härteste, was ihm passieren konnte, zu gerne analysierte er Berichte im nahegelegenen Kaffeehaus. Außerdem hasste er es, Radarbilder auszuwerten, Strafmandate zu erstellen und den Kollegen vom Streifendienst bei der Fahndung zu helfen. Diese Arbeit war ihm zutiefst zuwider. Es dauerte keine zwei Stunden, da kamen die Kollegen von der Streife auch schon mit einem Grinsen im Gesicht und einem Haufen Strafzettel. Fuhrmann begann mürrisch alles zu ordnen und zu erfassen, tippte jeden Strafzettel mühsam ab. Die Kollegen im Außendienst machten sich nicht die Mühe mit einer sauberen Schrift und so erwies es sich oft als ein langwieriges Unterfangen, die Niederschriften zu entziffern. Kaum war Fuhrmann

fertig damit, kamen auch bereits die ersten Radarfotos herein. Als er das Datum der ersten Aufnahmen sah, wurde ihm richtig schwindlig. Die Bilder lagen über vier Monate zurück, da wusste er, was ihn in den nächsten Tagen erwartete. Er ließ es sich jedoch nicht nehmen, für jedes Gesicht auf den Fotos eine kurze kriminalistische Analyse zu machen. Damit er in Übung blieb. Dabei sah er grimmige Gesichter von Leuten, die wohl irgendwo zu spät kommen würden, sah Jugendliche lachend in der ersten Reihe und viele Menschen mit Mobiltelefonen an ihren Ohren.
Fuhrmanns Stimmung hellte sich ein paar Tage später auf, als der Obduktionsbericht des toten Bauern am Tisch lag. Wenigstens eine kleine kriminalistische Ermittlungsarbeit. Das Lesen nahm allerdings nicht viel Zeit in Anspruch, denn es stand nichts Aufregendes darin und ihre erste Einschätzung schien sich zu bewahrheiten: Tod durch Sturz auf die Pflugschar. Fuhrmann tippte die wesentlichen Eckpunkte des Berichts in den Akt und wandte sich wieder den Radarbildern zu. Wenig später kamen Koller und Diesl ins Büro und erzählten ihm, dass die Frau des toten Bauern gleich zur Befragung kommen würde. Koller lud Fuhrmann ein, die Befragung am Bildschirm via Videoübertragung mitzuverfolgen. Fuhrmann freute sich, so hatte er wieder einen Grund bekommen, die Radarbilder länger liegen zu lassen.

Martha Berger sah nicht wie eine Bäuerin aus, zumindest fand das Fuhrmann, als er die Gattin des Opfers auf dem Bildschirm erblickte. Sie war mit einem hellen, kurzen Rock, einer weißen Bluse und einer bunten Weste bekleidet, hatte langes, blondes Haar und war zurückhaltend geschminkt. Fuhrmann konnte alle Details sehen, denn die Kamera ermöglichte die Beobachtung in hoher Genauigkeit und übertrug in Farbe. Selbst über das Monitorbild fühlte Fuhrmann, dass Frau Berger nicht sonderlich um ihren Mann trauerte. Koller begrüßte sie, bekundete ihr sein Beileid und startete mit der Frage nach ihrem Aufenthalt während des Todeszeitpunktes. Obwohl der Ton der Übertragung nicht sonderlich gut war, bemerkte Fuhrmann die Kühle in der Stimme der Frau: „Danke für das Beileid, aber meine Trauer hält sich in Grenzen, nicht, dass ich seinen Tod wollte, aber wir lebten seit über eineinhalb Jahren in Scheidung. Ich habe seit längerem einen Freund, mit dem war ich die ganze Nacht zusammen. Ich bin meist nur noch unter der Woche am Bauernhof, um Walter bei der Milch und der Abrechnung zu helfen. So plötzlich ganz allein wollte ich ihn auch nicht lassen, schließlich sollte er mir ja auch noch eine kleine Abfindung zahlen." Während der Unterhaltung blickte sie offen in die Augen der Beamten. „Walter lebte die letzten Jahre total zurückgezogen, wir gingen seit Jahren auf kein Dorffest oder Ähnliches, er schaute kaum fern, las keine Bücher, sondern ging jeden Abend zeitig ins Bett. Dieses Leben erfüllte mich nicht, mir erschien es auf Dauer doch zu fad und ich beschloss, allein auf die Feste der Umgebung zu gehen. Dabei habe ich den Manuel kennengelernt, der sich vom One-Night-Stand zur Beziehung entwickelte, seit einem halben Jahr lebe ich am Wochenende in der Stadt bei ihm und ab und zu auch unter der Woche, so wie gestern."

„Die ist ziemlich offen", dachte der Kommissar, „sehr offen. Die hat nichts gemacht."

„Sind Sie schon geschieden?", wollte Diesl wissen. Fuhrmann staunte, seine neue Kollegin war offenbar sehr selbstsicher, das erste Verhör, und schon stellte sie gescheite Fragen. „Nein, wir stritten uns ein wenig um die Scheidung, Walter akzeptierte meinen Freund, mein Leben in der Stadt, aber scheiden wollte er sich nicht lassen. ‚Das gehört sich nicht, was werden die Nachbarn sagen?', meinte er immer, wenn ich ihn darauf ansprach. Für mich ist diese Scheidung aber immens wichtig, da ich im dritten Monat schwanger bin, vom Manuel. Walter wollte keine Kinder, ja er hasste sie geradewegs, deshalb wusste er auch nichts von meiner Schwangerschaft, nur Manuel weiß es."

„Bumms", dachte sich Fuhrmann, jetzt serviert uns die Berger ganz offen ein mögliches Motiv. Nach dieser Aussage schwiegen alle Beteiligten für einen Moment, Diesl wirkte ergriffen, ehe Koller sich wie immer am schnellsten fasste: „Der Manuel, wie heißt

der noch, wir werden ihn befragen müssen, um Ihr Alibi zu überprüfen, Frau Berger." „Manuel Koch, da haben Sie seine Visitenkarte, ich habe mir schon so etwas gedacht, darum habe ich gleich eine von seinen Karten eingesteckt." Fuhrmann war wieder bass erstaunt, berechnend oder vollkommen unschuldig und gescheit. „Gut, Frau Berger", hörte Fuhrmann seinen Kollegen die Besprechung beenden, „wenn wir noch etwas brauchen, rufen wir Sie an. Bleiben Sie bitte zu unserer Verfügung. Auf Wiedersehen."
Keine fünf Minuten später standen Koller und Diesel bei Fuhrmann, um über die Befragung zu beraten. „Dein Eindruck, Fuhrmann?", wollte Koller wissen. „Eiskalter Mordsengel oder völlig unschuldig. Ich werde nicht schlau aus den Aussagen. Gute Frage übrigens, die Sie da stellten, Kollegin Diesl." „Das Lob wird ihr sicher Auftrieb geben", begründete er seinen Nebensatz im leisen Selbstgespräch. „Ich bin der gleichen Meinung", bestätigte Diesl Fuhrmanns Feststellungen. „Na dann kümmern wir uns um den Herrn Koch, kommen Sie, Frau Diesl, schauen wir uns den ehrenwerten Herrn einmal aus der Nähe an." Nach diesen Worten von Koller war Fuhrmann wieder allein mit seinen Radarbildern.

Die erste Woche Innendienst zog sich in Fuhrmanns Augen unendlich hin, nichts passierte, außer Radarbilder erfassen, Diebstahlsanzeigen bearbeiten und Kaffee kochen. Das graue, bilderlose Zimmer passte perfekt zu seiner Stimmung. Am Wochenende würgte Fuhrmann dermaßen an der Fadesse seiner Arbeit, dass er kurz entschlossen ein Clubbing in der Bar seiner Jugend besuchte. Das Flugblatt wollte er schon fast wegschmeißen, aber die Erleichterung über die Aussprache seiner Probleme und das damit gewonnene Selbstvertrauen ermöglichten es ihm, dieser Einladung nachzukommen. Fuhrmann befand für sich, dass diese Unternehmung der erste große Schritt aus seiner persönlichen Krise war. Das Motto „Back to the Roots" passte genau zu der Epoche seiner Vergangenheit, in der er dort am Tresen wohnte. Fuhrmann konnte sich jedoch kaum an den letzten Besuch erinnern, mindestens fünfzehn Jahre schätzte er seine Abwesenheit aus seinem zweiten Wohnzimmer, wie er es immer genannt hatte. Als er schließlich eintrat, erschien ihm alles so vertraut, wie wenn er nie weg gewesen wäre. Selbst hinter der Bar stand noch immer der gleiche Typ, mit dem er nächtelang herumgehangen hatte. Ein wenig älter zwar, aber noch immer im selben Outlook. Fuhrmann wollte gerade mit seinem üblichen Beobachtungsritual beginnen, da spürte er auch schon einen heftigen Schlag an seiner Schulter. „Mensch, Didi, hätte dich fast nicht erkannt, lange nicht gesehen!" Fuhrmann begann zu grinsen, Didi hatte ihn schon lange niemand mehr genannt. Diesen Spitznamen hatten ihm seine Freunde in Anlehnung

an Didi Hallervorden gegeben, warum, wusste er nicht mehr so genau. Er betrachtete die Frau genauer und erkannte eine alte Freundin aus seiner ehemaligen Klicke wieder. Was er sah, machte ihn zunächst traurig: Die hübsche Kathi von einst war vollkommen durchgelebt und sah mindestens zehn Jahre älter aus, als sie war. Das Gesicht solariumgebräunt, die Finger der rechten Hand gelb vom Tabak und die Stimme rau und brüchig, nur die Augen hatten noch jenes strahlende Blau, das er nie hatte vergessen wollen und doch vergessen hatte.
„Hallo Kathi", begrüßte Fuhrmann sie, „wie geht's?"
„Na, ja, bescheiden, aber komm mit, es sind fast alle da." Sie packte Fuhrmann am Ärmel und schleppte ihn zu einem Tisch, wo er sich vielen seiner Freunde und Bekannten von früher gegenübersah. Was Besseres hätte ihm nicht passieren können, Fuhrmann plauderte, erfuhr vieles über seine Freunde von damals, tanzte ausgelassen wie seit langem nicht mehr. Irgendwie fiel alles, was ihn die letzten Jahre behindert und bedrückt hatte, in dieser Nacht von ihm ab. Als er am nächsten Morgen aufwachte, lag er in einem fremden Bett in einer fremden luxuriösen Wohnung mit Bettina, einer immer noch schönen Frau und alten Freundin. In seiner Jugend hatte er sie begehrt, sie aber nicht für sich gewinnen können, umso mehr hatte er jetzt die Nacht genossen. Bettina lächelte ihn an, begann ihn sanft zu streicheln und sie wiederhol-

ten den Akt der zurückliegenden Nacht. Fuhrmann fühlte pure Erleichterung, er hatte sich als richtiger Mann wiederentdeckt. Beim gemeinsamen Frühstück erzählte Bettina, dass sie mit einem reichen älteren Mann verheiratet sei, der oft geschäftlich auf Reisen sei. Ihr gemeinsamer Sohn sei in einem Internat in England und komme nur zu den Ferien heim. Sie fühle sich sehr einsam. Mit liebevollen Worten erklärte sie Fuhrmann, dass sie ihre gemeinsame Nacht genossen hätte, aber an keiner Zweitbeziehung interessiert sei. Fuhrmann grinste dabei, das war ihm nur recht, sein neu gewonnenes Selbstbewusstsein erlaubte es ihm.

„Irgendetwas ist anders in meinen Kopf", überlegte ein durchwegs fröhlicher Fuhrmann auf dem Weg nach Hause, „dass ich mich so etwas überhaupt traue."

Am Montag erschien Fuhrmann mit breiter Brust bei Dr. Mandle, die ihn in einem extrem kurzen Kleid empfing. Fuhrmann war dermaßen befreit, dass er sein Erstaunen über das tolle Outfit seiner Psychologin emotionslos überspielen konnte, in seinem Innersten blieb ihm allerdings der Atem weg. Die Art seines Auftretens wertete Dr. Mandle als ein Indiz dafür, dass er nicht mehr viele Sitzungen brauchte. Sie vereinbarten noch eine letzte in drei Wochen, in der sie Fuhrmanns Selbstbewusstsein kontrollieren wollte.

Die weitere Vorgehensweise wollte Dr. Mandle vom Zustand ihres Patienten abhängig machen und dann entscheiden, ob sie die Behandlung fortsetzen oder beenden würde.

Fuhrmann hatte es nicht eilig, ins Kommissariat zu kommen, er wusste, was ihn dort erwartete, umso erfreuter war er, als er den Bericht der Spurensicherung auf seinem Schreibtisch vorfand. Eilig überflog er ihn, las aber nicht viel Neues, es waren nur Fingerabdrücke des Bauernpaares am Ort des Geschehens gefunden worden, alle waren zuordenbar. Fuhrmann erfasste wieder die wichtigsten Parameter im Akt und kam für sich zu dem Schluss, dass dieser tragische Tod ein schrecklicher Unfall gewesen war. Seine Eindrücke teilte er noch am selben Tag Koller und Diesl mit und widmete sich wieder seiner temporären Standardarbeit, allerdings anders als in den letzten Wochen. Seine Erlebnisse vom Wochenende erleichterten ihm das stupide Erfassen von Strafanzeigen für Schnellfahrer; regelrecht beschwingt, mit einem Pfeifen auf den Lippen, tippte er Anzeige nach Anzeige ab. Fuhrmann trank gerade seinen Kaffee, als ihn Koller am Telefon bat, den Bruder des Opfers über den Abschluss der Ermittlungen zu informieren. Fuhrmanns Begeisterung hielt sich in Grenzen, dennoch war es besser, als Radarstrafen zu verfolgen. Das Telefonat gestaltete sich schwieriger als erwartet, da der Berger nicht wahrhaben wollte, dass es sich um einen Unfall gehandelt hatte. Sein Bruder hätte nie den Traktor mit dem Pflug unter die Kante gestellt, er räumte aber ein, dass seine Schwägerin gar nicht Traktor fahren konnte. Fuhrmann wunderte sich zwar über diese Aussage, denn im Bericht war erwähnt, dass am Traktor Fingerabdrücke von Frau Berger gefunden worden waren, aber letztendlich lebte der Koch weit weg vom Bauernhof seiner Eltern und das konnte sich in den letzten Jahren geändert haben. Der Kommissar wollte nur noch heim, das Wochenende hatte mehr Spuren hinterlassen, als er sich eingestehen wollte, darum hielt er das Gespräch kurz, machte ein paar Notizen im Akt und verließ sein Büro. Daheim wollte er sich nur kurz aufs Ohr legen, als jedoch schließlich sein Wecker läutete, bemerkte er, dass er mehr als zwölf Stunden geschlafen hatte. „Kurze Nächte in meinem Alter haben eben ihren Preis", gestand er sich vor seinem eigenen Spiegelbild ein.

Die Woche verlief ruhig und am Wochenende traf sich Fuhrmann wieder mit den alten Freunden aus seiner Stammkneipe zu einem Historienabend. Die Idee dazu war spontan aus der Wiedersehensfreude der letzten Wochen entstanden. Es wurden alte Fotos gezeigt und Geschichten der Vergangenheit aufgewärmt. Fuhrmann genoss es sichtlich, unter Menschen zu sein, er scherzte und konnte über die Witze der anderen lachen. Der Abend endete aber, anders als der letzte, ohne größere Überraschungen. Die nächsten Wochen bis zu seiner Sitzung bei Dr. Mandle verliefen im Büro ereignislos, in seiner Freizeit besuchte Fuhrmann verschiedenste Veranstaltungen, die seinem Alter angemessen waren. Er wurde zunehmend gesprächiger, lernte immer mehr neue Leute kennen, mit denen er sich wieder verabredete, auch unter der Woche. Er war sehr erleichtert über seine wiedergewonnene Lebensfreude.

Der Weg zur Couch war aus seiner Sicht nicht mehr notwendig, Fuhrmann hatte vor, seiner Psychologin das sofort klarzumachen, die zurückliegenden Wochen sollten ihm dabei als Argumentationsgrundlage dienen. Am Weg in die Ordination versuchte er sich einige Worte zurechtzulegen, mit denen er seine Stimmung bestmöglich erklären wollte. Seine Sinne waren jedoch wie betäubt, als er seine Therapeutin sah. Sein Blick konnte sich nicht von dem hautengen Kleid lösen, das ihre Figur mehr als betonte. Das tiefe Dekolleté ließ ihn erröten, er erkannte auf einmal die Schönheit und Eleganz seines Gegenübers, und als sie sich wie gewohnt in ihren Sessel setzte und wie gewohnt die Beine übereinanderschlug, war sich Fuhrmann sicher, dass sie Strapse trug. Dieser winzige Augenblick genügte, um ihn noch mehr aus der Fassung zu bringen. Sein kriminalistischer Instinkt war geweckt, er wusste, was er seiner Therapeutin in den zurückliegenden Wochen alles erzählte hatte, er hatte seine geheimsten Fantasien offenbart. „Befinde ich mich in einer Prüfung oder ist sie einfach eine Frau mit Stil?", hämmerte es in seinem Kopf und er fühlte seinen Blutdruck steigen. Mandle grinste, der rote Kopf ihres Gegenübers sprach Bände, seine Augen verrieten ihr sein Scanning. Kaum hatte sich Fuhrmann gefangen, erklärte ihm Dr. Mandle lächelnd, dass er keine weiteren Sitzungen benötige. Fuhrmann tat sich schwer damit, die zurechtgelegten Worte aus seinem Mund zu bekommen, dennoch schaffte er es nach einiger Zeit. Letztlich bestätigte er die Einschätzung seiner Therapeutin, erzählte von seiner neuen Freiheit, von seinen Erfolgen im Umgang mit anderen Menschen. Dr. Mandle hörte aufmerksam zu, sie freute sich sichtlich über Fuhrmanns Erzählungen. Am Ende der Stunde, die mehr einer Plauderei als einer Therapiesitzung glich, verabschiedete sich Fuhrmann, bedankte sich für die wertvolle Hilfe und begab sich erleichtert in sein Büro. Er strahlte innerlich vor Glück, diese harte Phase seines Lebens hinter sich gebracht zu haben, war gespannt auf neue Erfahrungen und freute sich des Lebens.

Fast jedes Wochenende verbrachte er nun auf einer Veranstaltung, manchmal zum Tanzen, manchmal auf einem Volksfest, manchmal allein, manchmal mit seiner alten Gruppe. Den Kontakt zu seinen Freunden gestaltete er jetzt viel intensiver als in den Jahren seiner Ehe. Er fragte sich oft, warum er diesen Freundeskreis so ausgeblendet hatte, im Grunde jedoch bedeutete ihm die Antwort nichts, er hatte seine Kumpels ja wieder, aber er wollte diesen Fehler nicht wiederholen. Als er wieder einmal ein Revival Clubbing mit Songs aus der alten Zeit besuchte, traf er, sehr zu seinem Erstaunen, seine ehemalige Psychologin an der Bar. Er war sofort gefangen von ihrer Schönheit, von ihrem Outfit, bekam einen so trockenen Mund, dass er kein Wort herausbekam. Dr. Mandle sprühte regelrecht vor Energie, offenbar angefeuert von erhöhtem Alkoholkonsum, wie der Kriminalist in Fuhrmann bemerkte. Sie begrüßte ihn mit einem leichten, vertrauten Kuss auf die Wange und forderte ihn sofort zum Tanzen auf. Fuhrmann fühlte sich regelrecht verpflichtet, dieser Aufforderung Folge zu leisten. Ein paar Drinks später drehten sie eng umschlungen einige Lovesongs, ihre festen Brüste begannen ihn zu erregen. Plötzlich drückte sie etwas Stoffartiges in Fuhrmanns Hand, sein Puls begann zu rasen, seine Schritte fanden den Rhythmus kaum. Fuhrmann fühlte erst auf den zweiten Griff, dass er ihren Slip in der Hand hielt. Langsam führte sie seine Hand auf ihren Hintern und ließ ihn ihre Strumpfbänder spüren. „Ich hatte recht, sie trug schon welche in unserer letzten Sitzung", durchfuhr es Fuhrmann blitzartig. Die Erkenntnis brachte sein Blut zum Kochen, seine Erregung konnte er kaum bändigen und sein Kopf begann die Klarheit zu verlieren. Der intensive Kuss, den sich beide noch auf der Tanzfläche gaben, schmeckte ihm wie Honig und ließ ihn alles um sich herum vollkommen vergessen. Fuhrmann fühlte sich wie ein pubertierender Teenager auf dem Weg zum ersten Mal. Der Alkohol, gepaart mit den Schmetterlingsgefühlen in seinem Magen, bescherte ihm ein längst vergessenes Glücksmoment. Nur mit Mühe konnte er sich beherrschen, um nicht schon am Weg zur ihr seinem erotischen Trieb nachzugeben. Beider Verlangen verwehrte ihnen den Weg ins Schlafzimmer, bereits im Vorzimmer begannen sie ihr erlösendes Liebesspiel. Fuhrmann vergaß Raum und Zeit bei den gefühlten hundert Wiederholungen.

Am nächsten Morgen weckte Fuhrmann die Kombination aus einem herrlichen Frühstücksduft und einem zarten Kuss auf seine Stirn. „Guten Morgen, ich habe noch nie so ein starkes Verlangen nach einem Mann gefühlt wie bei dir, ich hoffe, du bist mir jetzt nicht böse. Ich bin …verliebt in dich, ich, ich", flüsterte Andrea ihm ins Ohr. Sie blickte ihm plötzlich direkt in die Augen, drückte ihm einen Kuss auf den Mund und hauchte ein leises „Ich liebe dich" in sein Gesicht. Fuhrmann spürte eine gewisse Erleichterung und eine Vertrautheit, die er nie zu hoffen gewagt hatte. Das Erlebte machte ihn glücklich und der Anblick ihres Gesichts ließ ihm keine andere Wahl, als sie zu packen und ins Bett zu ziehen. Der intensive Liebesakt forderte alles von ihnen, völlig erschöpft lagen sie am Boden, längst war ihnen das Bett zu klein geworden. Im Augenblick des Atemschöpfens überkamen Fuhrmann Zweifel: „Sie kennt den kompletten Inhalt meines Schreibblockes, Geheimnisse habe ich keine mehr vor ihr und wenn das mit der Liebe stimmt, ist sie jetzt mein Hydrant." Der Gedanke, keine Geheimnisse zu haben, gefiel ihm gar nicht, doch die Glückshormone ließen ihn den Augenblick genießen.

Fuhrmanns einsame Tage waren Geschichte, fast jedes Wochenende verbrachte er nun mit seiner neuen Freundin und entdeckte immer mehr Gemeinsamkeiten. Am Anfang irritierte ihn noch ein wenig die ehemalige Patient-Therapeutin-Beziehung, aber diese Phase dauerte nicht lange, denn sie wusste mit seinen Fantasien umzugehen und sie gestand ihm immer öfter ihre Liebe. Dabei bat sie auch um Verzeihung, ihr Wissen aus den Sitzungen ausgenutzt zu haben, alles hätte eben auch ihren eigenen Fantasien entsprochen. Fuhrmann konnte leicht darüber hinwegsehen, denn wenn er die Dinge nie ausgesprochen hätte, würde sie außer ihm niemand wissen. Die Offenheit der Beziehung erleichterte ihm auch seinen Job, denn die Anzeigen wegen Geschwindigkeitsübertretung rissen einfach nicht ab, sein anfänglicher Frust war aber verschwunden, kein ätzendes Wort verließ mehr seinen Mund. Selbst seinen Kollegen fiel seine Veränderung auf und vor allem die neu gewonnene Ruhe. Das zeigte sich besonders, als er plötzlich auf den Bildschirm starrte und gedankenverloren vor sich hindämmerte. Koller, der zufällig im Zimmer war, wusste, dass Fuhrmann etwas entdeckt hatte, aber entgegen seinen bekannten Gewohnheiten stand der Kommissar langsam auf und schaute Koller an: „Du, es war vielleicht doch Mord, die Sache mit dem Bauern, schau her", sagte Fuhrmann zu Koller und zeigte dabei auf seinen Bildschirm. Koller sah ein Auto mit einem Mann am Steuer, der gut zu erkennen war. „Ja, und was sehe ich da?", wollte ein erstaunter Koller wissen. Kollers Geist war durch die ruhige Reaktion Fuhrmanns total verwirrt, sein Bild von seinem Kollegen brach plötzlich zusammen, sodass er das Gesicht am Bildschirm nicht erkannte. „Das ist das Auto von der Berger, der Freund von der Berger sitzt am Steuer, das Datum des Fotos entspricht dem Tag des Unfalls oder soll ich jetzt besser sagen Mordes, und die Straße, auf der das Foto geschossen wurde, ist die direkte Verbindung vom Bauernhof zur Wohnung von Bergers Freund. Die Berger hat vielleicht geschlafen, ihr Alibi aber nicht." „Wie hast du das erkannt?" „Du weißt ja, ich habe alle Daten im Akt erfasst, die Autonummer habe ich mir gemerkt! Warum, weiß ich nicht." „Fuhrmann, unglaublich, ich hol mir mit der Diesl den Kerl, bis später. Du bist einfach spitze, Kollege!" Dabei umarmte Koller einen erstaunten

Kommissar. Kopfschüttelnd blickte der seinem Kollegen nach.

Der Rest war für die Kommissare ein leichtes Spiel, der einzig unklare Punkt in diesem Fall war der Standort des Pfluges, die Kommissare konnten nicht feststellen, ob er zufällig oder absichtlich unter der Kante des Heustadels stand. Die Berger wusste wirklich nichts vom nächtlichen Ausflug ihres Freundes. Sie hatte wohl aufgrund ihrer Schwangerschaft tief und fest geschlafen und würde ihr Kind jetzt allein auf einem riesigen Bauernhof aufziehen müssen. Als Motiv gab ihr Freund an, dass er nicht der Vater eines Kindes sein wollte, dessen Mutter mit einem anderen Mann verheiratet war. In seinen Aussagen betonte er immer wieder, dass es schließlich sein Kind sei und er ein Recht darauf habe, mit dem Kind und dessen Mutter zusammenzuleben. Er beschrieb die Tat als Unfall, da der Bauer im Laufe eines Gerangels über die Kante gestolpert sei. Die Nachricht erschütterte Bergers Bruder vollkommen und dennoch betonte er, dass er ja gewusst hätte, dass sein Bruder nicht von alleine hinabgestürzt sein konnte. Fuhrmann hörte gar nicht mehr zu, seine Gedanken waren bereits beim Wochenende und bei seiner neuen Liebe.

Das tägliche Morgengrauen
V 1.2, November 2012

Pendler zu sein ist eine Entscheidung, die das Leben nachhaltig beeinflusst. Die Wahl des Arbeitgebers fern der Heimat bewirkt eine Änderung im Lebensrhythmus und zwingt einem Erlebnisse auf, die man gerne vermieden hätte. Die Spritpreise und die „Parkpickerl"-Aktionen füllen Nahverkehrsmittel und lassen Menschen zu Bahnhöfen pilgern.

Die Dramaturgie der Ereignisse beginnt bei der Parkplatzsuche am Park & Ride des Kleinstadtbahnhofs. Der früh entnervte Autofahrer dreht eifrig seine Runden auf der Suche nach einem Ort, der seinem Auto würdig ist. Am dabei zu überquerenden Zebrastreifen zeigt sich ein Interessenskonflikt zwischen Schulkindern und dem Zuspätkommenden. Kinder, im Frühverkehr Menschen zweiter Wahl, haben keine Rücksicht zu erwarten, denn schließlich will der Berufspendler nicht schon am Zebrastreifen den Anschluss verlieren.

Ist endlich der Bahnhof mit hängender Zunge erreicht, wartet auf den Frischling der Szene eine Schlange vor dem einzigen Automaten. Das Computerspiel des Serviceanbieters hat viele Verlierer, wenigen gelingt es, im ersten Versuch die richtige Fahrkarte zu kaufen. Der Gruppendruck wiederum ist unglaublich stark spürbar, da einem viele Besserwisser im Genick sitzen und ungebeten Ratschläge zur Steigerung der Spielperformance geben. Die Sache ist aber meist halb so schlimm, da einem oft, ein paar Minuten nach der vorgesehen Abfahrtszeit, eine melancholische Stimme aus dem Lautsprecher entgegenhallt: „Regionalzug Stadt XY hat 10 bis 15 Minuten Verspätung." So etwas frustriert und beruhigt zugleich, ein Kaffee wäre sich ausgegangen, der Morgenkuss wäre auf der Wange des Partners gelandet und nicht im Wind des Abrauschens verschwunden. Das Warten am Terminal geht dadurch aber leichter von der Hand und die Tippgeber am Automaten verstummen zunehmend. Das einzige Problem ist, dass man sich, trotz jahrelanger Übung, nicht auf diese Verspätung verlassen kann, sie ist zwar regelmäßig vorhanden, aber doch zu unregelmäßig, um ein neues Fahrplanbuch der Unpünktlichkeit herauszugeben.

Hat man erst einmal sein Ticket, beginnt das Warten auf den Zug. Es erweist sich als schwierig und ungemütlich am neu gestalteten Bahnhof, denn das Wartehäuschen am Anfang und die Hundehütte im ersten Drittel des Bahnsteigs sind einfach zu klein, um alle Schutzsuchenden aufzunehmen. Interessant wäre, die Planungsgrundlage dafür zu analysieren.

Als letzter Zufluchtsort, um halbwegs trocken den Zug zu besteigen, bleibt einem nur mehr der Tunnel der Unterführung, vorausgesetzt, man schafft den Sprint zum ersten Wagen. Grund für die morgendliche Höchstleistung ist der Zugaufbau, der beim Aufgang aus dem Tunnel die Lok mehr oder weniger nahe stehen lässt. Das ist abhängig von den Wetterbedingungen, die meist unvorhersehbar für den Lokführer sind. Als Beispiel möge eine Schönwetterbremsung dienen, die den Erzähler bei heftigem Regen, es begann ca. 15 Minuten vor der Bremsung zu regnen, gegen den Prellbock am ehemaligen Endbahnhof drückte.

Da die meisten der Zugreisenden bei Wind und Wetter im Zugangstunnel verharren, kommt es nach dem Sprint zu einer kurzzeitigen Rudelbildung der Sportler bei der ersten Tür am letzten Waggon, meist ist die Tür kaputt oder der Waggon gesperrt, was den Sprint kurzfristig verlängert und einem das Wasser des peitschenden Regens in die Schuhe drückt. Nass, aber glücklich begibt man sich auf Sitzplatzsuche, fünf Stationen vor Wien noch kein Problem, ein bisserl härter im Nehmen sollte man aber doch sein, da die durch Sprint und Emotionen aufgeheizte Umgebung Gerüche freisetzt, die einem die Schweißperlen aufs Gesicht treiben, das wirkt quasi auch als Anpassung an die Umgebung: Gemeinsam stinkt es sich besser. Die Situation verschärft sich in den nächsten Stationen, die Gänge füllen sich, meist Schulklassen höherer Schulen. Die Lehrkörper planen den Ausflug scheinbar bewusst, denn offenbar dient das gewissermaßen der Lebensvorbereitung und läuft unter dem Titel

„Mittendrin statt nur dabei". Der Lärmpegel steigt, die Klingeltöne sind nicht mehr zählbar, der ein oder andere Jugendliche landet auf des Pendlers Schoß und die Verspätungen steigen, da das Ent- und Beladen der Züge kaum noch in der geplanten Zeit möglich ist. Der erfahrene Nahverkehrsreisende wirkt dem mit Kopfhörern entgegen und konzentriert sich auf Gratiszeitungen, die überall herumliegen und alles wissen, mehr als dreißig Minuten lässt sich die Konzentration allerdings mangels Inhalts nicht halten. Die Befüllung des Waggons verhält sich umgekehrt proportional zur Fahrscheinkontrolle, da es dem Zugbegleiter unmöglich ist, durch die Gänge zu gehen, hat aber auch den Vorteil, dass das Spiel „Wie kann ich dem Schaffner entwischen?" ausfällt. Die Spieler sind meist ein paar sportliche Jugendliche, die Gejagten, und ein Uniformierter, der Jäger. Ziel des Spiels ist es, dem Jäger zu entwischen und den Fahrpreis zu sparen, das gelingt gut in den modernen Doppelstockwaggons und hat meist ein paar eindeutige Sieger.

Nähert sich der Reisende nun den Toren der Großstadt, kommt es meist zum Höhepunkt der Frühverkehrs: Der Zug verendet am Vorstadtbahnhof wegen Überfüllung: „Zug endet hier, zu viele Menschen im Zug, nehmen Sie die regionalen Schnellbahnen als Anschluss." Das Warten beginnt von Neuem.

Die Kennenlernphase

V 1.3, April 2014, als Zweiervortrag

zur Liebsten meines Herzens mit Ringen ich zog
statt in glücklicher Freude erwartet
ihr lieblich Gesicht zu Fratze entartet
in meinen Augen lag unglaubliches Staunen
ihrer Kehle entrang ein grollendes Raunen
was machst du hier, zu dieser Stund
ich will dir antragen den Ehebund

dazu bin ich bei Gott nicht bereit
doch lass uns gemeinsam versuchen
die Richtung im Leben zu suchen
überlegt sei, wer für ein Leben sich binde
viel schwerer als gehen nach dem Winde
du musst dich beweisen in allen erdenklichen Lagen
drum stell dich, vielleicht wird's dir nicht behagen

da lachte ich herzlichst innerlich
was mag da wohl Spannendes kommen
mein Blick war vollkommen verschwommen
gespannt ich lauschte den eh'lichen Fragen
war überzeugt, ich werd mich nicht sonderlich plagen
da kam es dann furchtbar dick
ich werde brauchen all mein Geschick

als Erstes offenbar mir deine Seele
beschreib und zeige deine Gefühle
lass zu, dass ich darinnen wühle
öffne für mich deinen unschätzbaren Geist
auf dass dieser uns zusammenschweißt
vielleicht reich ich dir danach die Hand
ein zaghafter Knoten in unserem Band

mein Ansatz war enorm flexibel
begann mit Romantik, Candle-Light-Dinner
ein wenig nervös, ich sah mich als Winner
machte zaghaft mein Herz auf, führte durch Träume
öffnete langsam meines Geistes hinterste Räume
ich sprach von Gefühlen, zeigte viel Fleiß
doch wird es reichen, hoch ist der Preis

das war schon gut, doch wie zeigst du Liebe
es sei wohlüberlegt, welch' Worte du wählst
damit das Ziel du nicht hier schon verfehlst
nimm sie nicht zu leicht, diese Aufgabe
vergiss mir dabei das Standardgehabe
zeige mir dein innerstes Ich
vielleicht lieb ich dann dich

sehr heftig, ich war total verblüfft
mein Blick ging vollkommen ins Leere
er zeigte mir des Testes Schwere

kein Wort wollt' über meine Lippen
ich lief zum Computer, wollte tippen
all meine großen Gedanken, total zunichte
war sie das schon, unsre gemeinsame Geschichte

ich wollt' das nicht glauben, kein' einzig' Idee in mir
was soll das sein, kann ich Liebe nicht zeigen
eine brauchbare Darstellung ist mir nicht eigen
der Timer der Prüfung unweigerlich tickt
die Lage aussichtslos, sehr, sehr verzwickt
dann schoss es mir ein, die Angst am Abkühlen
meine herzlichste Liebe, die sollst du fühlen

ich sah in weit offene Augen, staunend' Gesicht
die Ruhe im Raum war mehr als bedrückend
doch ihr Lächeln, so lieb, sehr entzückend
so ist es eine sehr interessante Betrachtung
dir bringt's meine geschätzte Hochachtung
über den Sinn möchte ich nachdenken
deine Gedanken auf Folgendes lenken

Veränderung, wie wirkt die auf dich
wir werden uns ableben, zeitweise wird's fad
ohne eigene Freiheit, ein sehr schmaler Grat
dann kommt der Stolz, das Teure trennen
vor Gericht, zu Richtern werd'n wir rennen

was sagt dein Kopf, deine Vernunft
über den Gedanken, unsere Zukunft

eine Scheidung als Knoten zum gemeinsamen Leben
absurd, nie käme mir dies in den Sinn
mein ganzer Plan fließt einfach dahin
doch ganz Unrecht hat sie damit nicht
es gehört zur Ehe, auf lange Sicht
viele strömen auf Scheidungsgerichte
machen gemeinsam Geschaffenes einfach zunichte

ich rief: „Die Sache wird mir langsam ungeheuer
die Prüfung für dich ich gewagt
doch eines dazu, das sei dir gesagt
jeden Tag will ich dich neu entdecken
die Lust in mir zu dir erwecken
lass uns gemeinsam in Liebe leben
ohne Versprechen uns zu geben"

da lächelte sie aus vollstem Herzen
„da wollte ich hin, der Weg unser Ziel
den geh ich mit, da verlangst du nicht viel
mit dir zu leben, mehr als bereit
vom Zwang der Ehe glücklich befreit
bin euphorisch, verliebt, in voller Ekstase
sie mög' ewig bestehn, die Kennenlernphase